飞过城镇与乡野的鸟

Birds in Town and Village

飞羽文库

秦颖 主编

［英］威廉·亨利·赫德逊 著

徐惠风 译

SPM 南方传媒 花城出版社

中国·广州

图书在版编目（CIP）数据

飞过城镇与乡野的鸟 /（英）威廉·亨利·赫德逊著；徐惠风译. -- 广州：花城出版社，2023.7
（飞羽文库 / 秦颖主编）
ISBN 978-7-5360-9781-0

Ⅰ．①飞… Ⅱ．①威… ②徐… Ⅲ．①散文集－英国－现代 Ⅳ．①I561.85

中国版本图书馆CIP数据核字(2022)第185410号

出 版 人：张 懿
责任编辑：黎 萍　蔡 宇
责任校对：李道学　袁君英
技术编辑：凌春梅
封面设计：迟迟工作室
内文插画：范如诗

书　　名	飞过城镇与乡野的鸟	
	FEIGUO CHENGZHEN YU XIANGYE DE NIAO	
出版发行	花城出版社	
	（广州市环市东路水荫路11号）	
经　　销	全国新华书店	
印　　刷	佛山市浩文彩色印刷有限公司	
	（广东省佛山市南海区狮山科技工业园A区）	
开　　本	880毫米×1230毫米　32开	
印　　张	6.5	
字　　数	144,000字	
版　　次	2023年7月第1版　2023年7月第1次印刷	
定　　价	49.80元	

如发现印装质量问题，请直接与印刷厂联系调换。
购书热线：020-37604658　37602954
花城出版社网站：http://www.fcph.com.cn

序

本书原名《乡野的鸟》,于1893年初次上梓,乃吾观览英格兰田园风光描述鸟类生态之首本拙著。是次再版意义非凡,如同诸多处女作者,吾于此业仍一往情深,迄今不渝。职是之故,书再付梓备感欣悦,借机汰芜存菁、查漏补缺。

修订版更名为《飞过城镇与乡野的鸟》。第一章《乡村的鸟》大多为重写的新增内容,主要为新近观感及探讨各色问题所引证之事例。旧版末章已被割爱,换之以全新章节《康沃尔村的鸟》。

这两章长篇之间有五篇短文,予以保留,几无窜改,故其中一二事例已时过境迁,尤论及"珍奇雀鸟钟情英伦",或悲悯曰:戮禽剃毛羽绒制衣,伦敦兴盛亡鸟贸易,美禽丽鸟翱翔我邦,穿梭寰宇,免遭灭绝匹夫有责,而往昔妇人却乏仁心。然近廿年变迁令人欢欣:英国皇家鸟类保护协会殚精竭虑,卓有成效,当今吾国有识之士,无论男女,皆盼此类暴殄天物尽速结束。

威廉·亨利·赫德逊
1919年9月

目录 - CONTENTS

第一章 乡村的鸟 *001*

/ 1 / *001*

/ 2 / *004*

/ 3 / *011*

/ 4 / *022*

/ 5 / *031*

/ 6 / *045*

/ 7 / *053*

/ 8 / *066*

/ 9 / *075*

/ 10 / *091*

/ 11 / *095*

第二章 英国的外来鸟 *100*

第三章 海德公园里的黑水鸡 *119*

第四章 鹰和金丝雀 *128*

第五章 雄鸡 *138*

第六章 古老的花园 *151*

第七章　康沃尔村的鸟 ……… *166*

/1/ 清点鸟类 / ……*166*

/2/ 椋鸟终生配对吗？/ ……*172*

/3/ 冬天的村鸟 / ……*179*

/4/ 英国鸟的增加 / ……*184*

/5/ 寒鸦情结 / ……*189*

/6/ 寒鸦故事 / ……*196*

第一章 乡村的鸟

/ 1 /

去年五月中旬，寒期过后，暖日降临，我对春天复发旧情，酷爱自然返璞归真，盼与鸟雀如影随形。遂至圣詹姆斯公园，一处野生和半野生的鸟雅聚的胜地，观赏它们手舞足蹈，投喂它们水足食饱，不亦乐乎！

放眼碧水微澜，好不赏心悦目，一对小鹛鹛新来乍到，老友黑水鸡如若初见。其中一只黑水鸡正在水边榆树上垒巢筑窝，两次衔大束干草飞来，攀爬斜树粗干登上十六七英尺①高，而后隐身在遥离树根、架于树干的"柴捆"中。林鸽更多，亦更渴望获饲，似乎马上明白我的面包及谷物乃为其果腹而非麻雀可享。林鸽伴我驻守，企图智胜麻雀，却仍被那帮"小强盗"捷足先登。麻雀们倏忽飞降，足不沾地，攫夺面包扬长而去。鸽雀相争，喜剧落幕，水禽雁鸭闹剧又起，诸种麻鸭引吭赚吆喝，黑白天鹅曲项向天歌。我曾说起春兴勃发，以此心境扫视被监禁的雀鸟，它

---

① 1英尺=0.3048米。——编者注

们不能尽情享受辽阔江天赋予的无限自由，但在有限的自由里亦能痛并快乐着：头顶蓝天沐浴阳光，游泳、潜水或打盹，似无拘束之困。

沿边信步，前方几码处有三个稚童，两个幼小，照看他们的是一个体格健壮的女孩，约莫十岁。以貌取人，凭衣察人，他们似乎来自工匠或小商之体面家庭，而我更为关注年长丫头对眼前雀鸟之雅兴。她拿出备好的似不新鲜的面包喂它们，让林鸽和麻雀分享，然后又去投喂别的本地鸟、异地禽。它们或跳芭蕾于碧水，或晒太阳于绿坪。没像其他游客那样仅向水上撒面包，她博爱群鸟，欲将所有鸟类喂饱，至少要尽可能多地喂好。眼见她的面包碎片惠及了每一种类的鸟的代表，她兴奋得手舞足蹈，跟两个小伙伴交谈，也让他们注意不同的鸟。

我悄步走近，也成了一名聚精会神的听众。少顷，她回答我的问题，津津乐道这些奇禽异鸟的芳名："这只是加拿大雁，那只是埃及雁，看那鸭王正朝我们走来，还有这只修长漂亮的鸟儿嗷嗷待哺，玉立亭亭。嗨，那只金鸭子，哦，这并非其真名，我也不认识所有鸟儿，于是自己给其中一些命名，把它叫作金鸭子，因为它在灿烂的阳光下浑身镀金。"听她说话是一种难得的乐趣，看得出她是一个什么样的女孩，我很喜爱她的话题。轮到我向她侃侃而谈我们面前鸟儿们的诸多奇事趣闻，以及别的她见所未见闻所未闻的鸟类，还有些远方的雀鸟生活比我们的更高贵几分。她专注地倾听了几分钟，又沉思了一会儿，突然双手相合，兴高采烈地叫道："哦，我真的好喜欢那些鸟！"我说这不足为奇，因为我们不可能不爱任何可爱的东西，在所有生物中，鸟最美丽。然后我转身离开，但忘不了她的陈词感慨，她的满脸通红、笑逐颜开，以及那双闪耀传神的棕色眼睛、紧握的双手、语气里不由自主地爆出的喜悦和向往之情。

那一整天，这样一幅画面一直在我脑海里浮现，翌日似又相见，让我在潜移默化中获益匪浅。我无法再远离那些我也深爱着的鸟儿，因为现在我忽然发觉，倘若无鸟，生活就会乏味枯燥，感官就会麻木不仁，身体就会疾病缠绕。唯有如愿看到野鸟，我的视力才能变好；唯有浸润于狂野的鸣叫，我才能恢复活力，提神醒脑。

/ 2 /

在乡下漫无目的地游逛几天,跌跌撞撞偶然发现一处我一直寻求的地点——一个不太远的古朴自然的村落。从伦敦坐火车不用一个小时,下车后再步行,不用二十五分钟便到达村里。通往村庄要穿过玉米地,周围的篱笆是成排的榆树,好不伟岸。再往前,紧邻村子是一片树林,林中多为山毛榉林,长约一英里[①],林中有一小径横穿。离村往右行约十分钟,是一座绵长的绿色小山,上坡很平缓,但山的另一边突然倾斜而下,直达泰晤士河岸。村子左边是另一座小山,有农舍有果园,小块梯田点缀着山坡和山顶,我投宿的村子正处于两座小山之间,地势凹陷。此地并无车马喧嚣,即使偶有村民推车而来,亦距尘嚣大道颇远。这里的羊肠小路又深又窄,坎坎坷坷,曲曲弯弯,就像卵石河床遭遇干旱。

村中央最低洼处有一眼水井,村民们在此打水。炎夏夜晚,年轻男女聚在井边,或携壶提桶,或两手空空,尽情交谈,插科打诨,俚语俗言,喧哗笑声接连不断。附近是客栈,男人们坐在酒吧间的长凳上,谈烟斗论啤酒,一脸肃然。我想结识他们,就走进去坐在中间,起初发现他们有点害羞,却非漠然冷淡。乡下人对不速之客难免戒备,但为他们付款买啤酒后,即愁云消散。

[①] 1英里=1609.34米。——编者注

我们很快聊起此地村野生态，街谈巷议这个话题总是既愉快又安全。

我问："獾呢？"这伙人中一个棕色脸庞、铁灰头发的粗野汉子充当发言人抢着回答："在这样森林密布的地方，要啥有啥，我认为要找到獾不在话下。"接着一片沉寂。我与离我最近的人目光相遇，重复那个问题："这里没有獾吗？"他眼睛朝下，然后与同伴们交换了一下眼神，他们全都神情肃穆。最后，离我最近者对刚才那个发言人说："也许你可以告诉这位先生这里有没有獾。"那个粗野汉子看了我一眼，僵硬地答道："据我所知并非如此。"

几周后在附近一个小镇上，我跟一位旅馆老板聊天，他聪敏机灵，给我提供了这个国家许多情况。他问我住在哪里，然后说："啊，我很清楚，那是一个洞里的小村，那个洞令人不快，很难进入，不管怎样，以前确实是那样。他们现在进化了一点，但我仍然记得，曾有陌生人在那里饱受嘲笑、侮辱，好不为难。的确，他们居住于洞穴，粗鄙野蛮，这就是獾，他们过去被这样称呼，如今仍然这样。"

我来与他们为伍之前，并未意识到这一点，备感遗憾，且记不起我伤害了他们脆弱的情感。不过，他们很快发现我只是一个无恶意的田野博物学家，我和他们中的许多人相处愉快。

这个凌乱的村庄的尽头，毗邻一片广阔公地，在那里待上一两个小时，也没个人影映入眼帘。羊儿们咀草嚼叶，三五成群闲步游荡，为了在一大片乱蓬蓬的荆豆、梅莓、石楠丛中筑巢，三四十只鸟儿飞来薅羊毛。鸟儿们喜欢公地的开阔，喜欢荆棘植被的粗糙。这个村落，或更确切地说，它占据的大片空地，恰好形成了鸟类天堂的总部和中心（这正如我所思索）。土庐和木舍相隔而建，最简陋的也有一些树木和一座花园，而且大多数情况下，每座住宅都有一个古老果园，樱桃、核桃、苹果等树绿意盎然，还有成排列队的大榆树高耸入云，绿荫如盖，把房屋遮掩，远看这村舍俨然更像森林。第一次来此，听到夜莺[①]鸣叫，清脆婉转，还夹杂着其他乐音伴奏，我特别钟情这天籁之音纯净爽鲜，兴奋之下找一小屋下榻，一连住了数十天。这只夜莺在这地方为维护自己的声誉，谨小慎微，循规蹈矩，让我惊叹。白天总能听到它的声音，不是一只鸟鸣，而是村里不同地方的十几只鸟遥相呼应，但它晚上从不发声。通过观察可以这样认定：夜晚漆黑一团，老天忽阳忽阴。后来天气转暖，有些晚间月光皎洁，除了白天，它还是一直守口如瓶。我不禁诧异于它的礼让温顺。

我第一次进村，闻声即追逐每一只夜莺，尽可能地靠近，偶尔会被歌声带到小屋大厅，偶尔会发现那位歌手就在三四码远外敞开的一扇窗或门边栖息。在我投宿的房间，女侍傍着前门抖动早餐巾，前来啄食面包屑的不是欧亚鸽而是夜莺。有一次有点惊险，夜莺在那里邂逅一只麻雀，立刻发起攻击撵它出门，那是夜莺的盛宴，谁也别想瓜分。村里一位老妇向我介绍鸟的情况：夜莺及别的小鸟在这里司空见惯，也很温顺，因为没有人打扰它

[①]学名Luscinia megarhynchos，中文名新疆歌鸲，是少有的在夜间鸣唱的鸟类，故俗称"夜莺"。——译注

们。我现今时常微笑着回味她的话语。

　　居村翌日，无风有雨——霏霏细雨温润如玉，夜莺出声则如朗日和煦。听到狭窄小巷里有鸟啾啾，遂悄然蹑步朝它走去。行至离它八九码处，但见它站立于枯树枝头。那是一棵矮小荆棘树的枝条，扎根篱笆长就，枝繁叶茂如同善舞长袖。小路上的树枝离开光秃的地面约五英尺高，那只鸟栖息枝头无忧无愁。现在，我要感谢这只夜莺，它强烈地唤起了我脑海中一种普遍存在的致命妄想，我一直痛恨这种普遍，但从来没有大声反对过这种妄想，即所有野生动物都生活在持续不断的恐惧中，害怕来自无数敌人的攻击，或强或弱，那些敌人总是在等待着，伺机袭击它们并一扫而光。事实上，尽管它们的敌人络绎不绝，而且每天都有，甚至一天内屡次侵袭，几无停歇，它们可能会受到毁灭的威胁，但绝没有恐惧的感觉，除非大祸临头。它们有时会心生疑云，这种疑心可能会让它们远离可疑物品；但这种情绪如此变幻不定，动作几乎出于本能，以至于那只能歌善唱的鸟会飞去十几码外的另一处灌木丛中，立刻恢复它被打断的歌声。又有一次，一只鸟看到同类中的一个死敌，若非它离得太近，甚至威胁自己的生命，否则会对它漠不关心，或对它晃荡眼前满怀怨恨。

　　这时，一只夜莺在雨中呢喃，对我熟视无睹。而在树篱旁它踞坐的枝条下，一只黑猫正用明亮的黄色眼睛关注它。起初我没有看到猫，但无疑夜莺已经对猫熟视无睹。在高高的荆棘顶端，两只麻雀静静地栖息着，似乎麻木。也许，它俩像我一样，专心当听众，神情肃穆。我站立了五六分钟，陶醉于乐感悦耳的低吟。那对麻雀中的一只忽然从栖枝上坠下，在夜莺正下方光秃秃的湿地上，赶忙将刚才发现的食物啄进嘴巴。它刚开始啄食，潜伏的猫就忽地跳向了它。麻雀迅猛跃起，奇迹般地从猫的爪子或爪子下逃离，然后扬长飞去，好不潇洒。那只猫目瞪口呆，如聋似哑，看见我在近旁就钻回了树篱。但那只夜莺一直无所顾忌地栖息在那里，离那几令麻雀丧命的突袭战场不足两米，它若无其事地呢呢喃喃，隔几分钟又继续喃喃呢呢。我猜想它曾见过那只猫，本能地知道猫对它无能为力，猫只是陆地上的冤家而非空中的天敌。故它毫不畏惧，即使麻雀被猫当场击毙，它仍会照样唱歌吟曲。

　　六月初，我开始对夜莺有点生气，因为它们几乎停止了唱歌吟曲，盎然的春天才刚过去，它们似乎太早就已沉默不语。我差点忘了有诗人说过，鸟儿们的演唱是自娱自乐，既不希冀有歌迷，也不渴望人类赞许。它们现都忙于筑巢。鸟声越少，反倒会看到越多的鸟，尤其是其中一只形影相吊，它暂别爱妻出去辛劳，筑巢的树篱距屋舍仅一箭之遥。这只鸟早晨最喜欢栖息在离我窗户四五码远的小木门上。那里明朗宽敞，它可用那不安分的明亮眼睛扫视小巷，也可对前来造访的几只麻雀及其他小鸟颐指气使，以消耗精力，打发时光。我很佩服这个好斗的小家伙，小巧玲珑，机警灵光。它行如风，又站如松、坐如钟，离我近在咫尺，依然脸不变色体不动。它和欧亚鸲有惊人的相似，无论形体、姿态和俯冲，跟欧亚鸲熟络友好，可以称兄道弟。欧亚鸲胸前鲜艳明亮，在均有醒目羽毛的同伴中不同凡响，就像一片秋叶镀上一缕阳光，在赤褐色的叶丛里闪烁着耀眼的光芒。但夜莺清澈的褐色也很美丽，仍是那只夜莺，一直在为我准备一个小小的惊喜。我坐在开着的窗边，虽然没引起它注意，但每当我沿着大

猫与夜莺

门对面的狭窄小巷走去三四十米，我的出现就给它及伴侣带来太多困扰和焦虑。它们在我头上飞来飞去，发出两种截然不同的声音，交替表达关切情深——一种是清晰单薄的哀怨或哀号，另一种是刺耳的低沉——错落有致，化悲叹为鼓劲。

有一天，我走近鸟巢，鸟儿们表现得比平常愈发焦躁，在我身旁飞翔环绕，比以往任何时候都更强烈地啼哭嘶叫。而在这时，雄鸟处于兴奋的高潮，突然唱歌哼调，大力度地飞出六个音符，接着又是一声微弱的抱怨牢骚，时而一阵新的旋律突起随风飘摇。我见过的其他唱歌的鸟群也颇类似，它们恰当地表达痛苦的强烈情思，刺耳破膜的声音几乎或已完全消逝。再看夜莺歌声，其原有的特色部分已经丢失，并逐渐微缩到柔若游丝。表达关切、恐惧、愤怒之音，相比鸟儿的歌声，显得有点口齿不清。值得一提的，是一些最成熟的声乐家——我现在想到的是学舌鸟，它从未在极度激动之际陷入混乱，错用唱歌的音符来表达愉悦，表达痛心。但看学舌鸟，其刺耳破膜的原始叫声既未消失殆尽，也没有柔弱到难与歌声相区分。

/ 3 /

这段时期,所有鸟都在繁殖,有些已是第二次繁殖了。村妪告诉我它们未受打扰,现在我开始怀疑并非那样,它们毕竟没有在村里找到天堂。

一天早晨,我沿着夜莺小巷的树篱轻步前行,来到树篱圈起的这片古老果园,观赏园里绿草如茵,突然听到嗖嗖的脚步声和半压抑的惊叫声。接着,树篱间传出支离破碎声,几乎传到了我脚跟。奔跑、腾跃、摔倒,几个顽童探巢掏鸟蛋,被我的到来吓了一大跳。他们的手和脸都被荆棘划破了,衣衫褴褛,头上没有戴帽子,淡黄色的头发要么乱糟糟,要么倒竖像顶白冠耸在棕色的脸上,眼睛瞪得圆圆的——他们的模样是那样古怪而狂野。我仿佛回到了远古时代,即一千年前的英国,那时罗马人尚未渡海前来,这些是英国早期的野蛮人,从小事中学习如何生存。不,村里的鸟儿繁殖时并非没有受到打扰,但幸运的是狂野的孩子尚未找到夜莺的窝。

又一天,那只夜莺像往常一样来到大门口,却比以往任何时候都更警觉、更好斗。这也难怪,它的爱妻也来了,还有四只雏鸟随同左右。它们每天都在屋舍旁逗留,然后姗姗离去。这样的日子过了一周。一个清丽明亮的早晨,雄鸟在老地方——我的窗口，尝试着吊嗓亮喉，一开始是那丰富而悠扬的悸动，通常被称为"音抖"，接着是六个优美的音符节奏。就这样进入七月流火，我再也没有听到它或其同胞的乐音优游。

也许，我对这只鸟的记叙过于冗长。我侨居此村期间已成功辨认出五十九种雀鸟，这夜莺只是其中的一种，还有其他好多种。我在树林里和别处听到其他鸟的叫喊和哭泣，但除了那种可遇不可求的秧鸡，我不会在我的清单里记下任何我没有看到的东西。我不想我的清单冗长芜杂、良莠不齐，唯愿将我最感兴趣的鸟记载于笔记。但那些像我一样出去寻找让人眼花缭乱的鸟儿的人，一定也会失望。

村子里树荫如盖，果实飘香，毗邻的树林枝繁叶茂，但我在这里一次也没看到绿色的啄木鸟，那种鸟引人注目又漂亮，据猜想，它正在英国许多地方觅食寻粮。它在此缺席奇哉怪也，此地生机勃发，充满希望。而另一种鸟——斑鸠，据说其数量在英国正呈几何级增长。在高大的山毛榉林里，它单调乏味的低吟声整天传至四面八方。草木林荫，很难听到尖厉的鸟鸣，人们更喜欢的是这种鸣声，而不是斑尾林鸽的顺口乐音，那乐音更绵延、更舒缓，更像摇篮曲浅唱低吟。它有时会让我想起一位巴塔哥尼亚母亲哄婴儿入睡时的单调低沉的哼唱。尽管如此，为了一只喜鹊，我还是情愿放过许多林中的低吟歌手。那喜鹊羽毛精美，足智多谋，我已经一整年没有见过它了，现在希望能再和它聚首，但无缘邂逅，我又亲自去搜求。一些原住民对我言之凿凿，喜鹊已经多年没来那片树林沾过枝头了。

有一段时间，我对这松鸦的命运颇为担心，因为看到近邻大片山毛榉林的主人允许他的护林员猎杀林中最有趣的鸟禽——松鸦、喜鹊、鹰、隼，以及猫头鹰。相对而言，他在这里是个新人，很想增加保护区的存货，而要做到这一点，首先必须把獾驱逐出境，因为野鸡蛋是獾爱吃的食品。关闭一条古老的公共通道，现在看来是件棘手的事情，相当于牵一发而动全身，因为村里的妇女们礼拜六要去树林及河流那边的市场买卖营生，如果通道关闭，她们得多走两英里的路程。新领主考虑到了这一点，决定采取强制措施之前先要赢得民心，这一点相当明智。他走街串巷，对妇人笑脸相迎，对孩子和蔼可亲，并不时寒暄发声："什么？没有学校，没有大厅，或在漫长的冬夜你们可以聚会栖身的地方？好吧，我一定会记挂在心。"很快，他们感到十分高兴：他为此特意买了一块地，建起一座漂亮的房子，里面摆了桌子、椅子、桌球台，以及所有需要的装饰品，还为他们提供报纸、杂志和书本。新领主在当地大受欢迎，但他似乎对自己的作为不大在意、上心。他们向他深表感激之情，他挥挥手回应："哦，我还会为你们做更多的事情！"

几个月后，他贴出了一张告示，说要"奉命"关闭林中通道。没人理会，村民们照样我行我素。又过了几个星期，他的工人来到树林，在公用小路上架起一道高大的橡树篱笆严格禁行，并用木板告示重申：林木属于私有，入侵者将被起诉至法庭。

当晚，村民们在学校和客栈聚会，喝着麦芽酒认真商量，操起斧头，全副武装，一齐冲去拆除了屏障。客栈店主对此非常反感，但当作风吹耳旁。他说："这就是他们的感恩图报，真难想象。"从那天起，他不再向当地慈善机构捐款，也不再在村里散步徜徉。他捐建的学校不可能拆除校舍，也不能阻止村民使用。

听说"獾"在这件事上表现恰当,我为之精神一爽,很感激他们保住了优先通行权,因为在大多数日子里,我都会花好几个小时畅游美丽的森林海洋。

回到松鸦的话题。尽管护林员受到困扰,我还是知道他在那里。每天凌晨四五点钟,我闻鸡早起,望向窗外,常听到村里某处传来低沉的责骂声,既深具意义又有点离奇。这是他产生猜疑时,习惯性发出的声音。当最早起者还在睡梦里时,松鸦就已从树林进入村子寻寻觅觅,这就是松鸦获取早餐的生活习惯。后来我发现,它在树林里的干苔藓上躺卧一个小时安静休息,最终会斗胆暴露自己,当然是在树枝的顶端岿然屹立。我拿起双筒望远镜看得清晰,那野家伙跃然拇指上,向我展示着自己,时而好奇,时而狐疑,时而困惑,时而愤激。它摆动尾巴,扑扇双翼,将冠冕搁下又抬起,用充满野性的明亮眼睛朝下觑。这是一种多么美丽的伪善和令人愉悦的力量,让我们得以悄无声息地假装睡觉,或坐或躺,从而愚弄了这个令人难以捉摸的野性生物,使它所有狡猾派不上用场。它个头更小巧,目光更敏锐,能够展翅飞翔,亦能在我头顶居高临下四处张望,每隔一两分钟变换一次姿势翻新花样,用此簇彼簇的树叶将它娇小的身躯遮挡。虽然它还在把我端详,而且离我这么近,无须移动亦不费吹灰之力,但它看我远不及我看它无所隐藏。这恰是合法的科学伎俩,如此清白无辜,我们在现实中可以嘲笑自己的荒唐。以后我们再也不会鄙视自己高明的狡诈,也不必为此羞愧难当,就像我们用远程枪弹屠杀野鸟一样,它们无法逃脱,无处躲藏。

这些鸦科类的雀鸟,都是猎场看守人无情追杀的目标。它们在他跟前,他要捕杀更合乎正道。我们唯愿它们将在他之后仍然

正在展示自己的松鸦

生存有道——这些鸟都必须比其他种类更加睿智高超，才能摆脱惨遭灭绝的命运。就目前状况来看，松鸦也许正因色泽黯淡，体形较小，才生存得最好。无论它是否比乌鸦或喜鹊更狡猾，无论它是否永远警惕性高，且精力旺盛，活力饱满，在英国鸟类中它都是无与伦比的一代天骄。它以这种品质引人入胜，相比它那高耸的鸦冠和明亮的眼睛，那翅膀上葡萄酒褐色间杂天蓝色的斑纹，更加深入人心。我们在树林里孤寂地步行，总会非常想念它。它很吝啬于悦耳的乐音，而是突然发出破膜刺耳、穿头刺脑、钻心刺骨、撕肝裂胆的尖叫声，让我们大吃一惊。松鸦正因这样生龙活虎，使得同样被囚禁在笼子里，它比其家族的喜鹊等鸟雀更让人痛心，正如看到同陷囹圄的云雀比麻雀更让人痛心，因为云雀在它的歌声响起时，有一种势不可当的冲动要一飞冲天。无论入狱还是出狱，它都必定会唱歌吟曲，让人悦耳赏心。然而，当它不停地被挑逗，无法释放天性，只能蹲守天堂门口倾声泼音时，这样的表演了无乐趣，让人扫兴。出了笼子，松鸦魅力四射，集万千宠爱于一身。一些豢养松鸦的人向我保证，它们不是淘气的鸟禽。

马克·梅尔福德生前我曾拜访过他，他养有两只松鸦。它们都很漂亮，羽毛鲜艳，容光焕发，无论在室内还是室外，都可信步游逛，自由溜达。我们正坐在他家庭院里聊天闲话，其中一只松鸦忽然飞来，栖息于离我们头顶几米远的木制壁架，安静地坐了一会儿，猛然向我头部俯冲而下，用翅膀轻轻地为我梳理头发，然后回到栖息处微闭着嘴巴。过了一会儿，它故伎重演，飞上掠下。我说它可能讨厌我这个不速之客，梅尔福德大声惊讶地说："哦，不，它只是跟你玩耍，仅此而已，别无其他。"它的表演方式惊世骇俗似的把人吓。只要我一直盯着它，目不转睛,它也就坐着,纹丝不动,但我的注意力一打岔,或看着我的同伴在说话,我的头就会被它的翅膀扑打。梅尔福德郑重其事地告诉我,他的松鸦从不带走或隐藏明亮的物体,据说喜鹊也有这样的习气。"我若把这先令扔给它,它是否会在意?"我问。他答:"它会去抓钱币,但它知道这只是一场游戏,所以不会把钱带离。"我于是将先令抛起,那只鸟也许早就期待着我投掷钱币,因为它一啄中的,就像给狗丢去面包皮,狗会准确地叼进嘴里。松鸦衔着钱币几分钟后,放在身边爱理不理。我又拿出四枚硬币,一个一个迅速地丢弃,它一个接一个地啄住且无一遗漏,又一个一个地放在一起,且不是散落着胡乱堆积,而是井然有序地摆放整齐。然后,看到我已钱尽币缺,它就扬长而去。经过与梅尔福德所养的鸟儿几番嬉戏,我能理解他对自己拥有的免费宠物松鸦、喜鹊和寒鸦的欢喜。在他看来,它们不仅仅是鸟儿,更像许多可爱的孩子一样天真烂漫、活泼调皮,只是长成鸟形愈发美丽。

村子里或附近没有秃鼻乌鸦,但人们总能在河边的草地上看到它们抿着嘴巴晒太阳。有一日天朗气清,我印象很深,一只年迈的秃鼻乌鸦站在低矮的柱子上龇牙咧嘴,发出一长串让人难以忘怀的呱呱叫。它看上去比其他鸟脸色更灰、羽毛更黑、体形更大,可能是它们的父亲或老大。大庭广众呱呱叫,这是要向人们展示个啥?那长老是就某个重大问题用秃鼻乌鸦语对晚辈们训话,抑或仅用它独有的语言表情独白,而那声调拖长、嘶哑几无变化?若是这样,那又是怎样的观感?或许这已司空见惯。六月的天气热似火烧,秃鼻乌鸦们在草地上悠闲地吃草,烈日当空,照耀着它们光滑的皮毛,它们显得兴高采烈,水足食饱。穷困潦倒的日子早已过去,它们把饥荒抛在了脑后。焦虑的繁殖期业已结束，高大的树林难免遇到狂风暴雨。一年一度的屠戮幼鸟，那惨景全已过去，何苦记牢。那秃鼻乌鸦长老只是在忆苦思甜：生命值得，活着真好。这些秃鼻乌鸦通常有两三只或更多的小嘴乌鸦相伴，而小嘴乌鸦的名声却很糟糕，即使其全心全意，最热忱的保护者也很难为小嘴乌鸦说项。不管怎样，秃鼻乌鸦们一定会想到，如果它们通盘思考，它们的这些常客和随从，与其说是朋友、战友，不如说是亲戚、同胞。我曾在一部作品中提到，有一次看见一只游隼击倒并杀死了一只猫头鹰——这一景况惊吓得我气喘不停，冷汗直冒。但我宁愿相信这只是游隼的一个失误，一次小小的偏离正道。具有贪婪习性的动物之间都是这样的巧取豪夺；或往最坏处想，这仅仅是翅膀锋利的天空强盗一个孤立的凶案和胆大恶搞；或突然这样认为，这一所为乃因身强力壮，精力充沛过度，浑身发骚，而与小嘴乌鸦相比只是个轻罪，小过微不足道——小嘴乌鸦叼走并吞食其幼小表亲秃鼻乌鸦，那鸦幼嫩得未生羽毛。

　　我最早出去寻找的鸟类之一翠鸟，也许是所有鸟类中最怡情的一种。但它不在河边的任何地方，尽管有足够多的地方适合它生长活动。可见到无数的小鱼生活于浅水中，它们静止在水面下，就像水面下暗淡的尖条纹，一旦有人接近，就会作鸟兽散，像箭一样猛冲。

　　有一天，沿着河岸走到一个新的地方，我发现一条小溪，于是溯溪而上。那里有一丛树高悬水面，投下树荫，波影荡漾。小溪对岸有毛茛茂密生长，花瓣像涂了釉一样光滑漂亮，草地一大片的明丽金黄。我在树荫下还没站半分钟，就见一只我正寻找的翠鸟掠水飞翔，几乎就在我脚旁。它没有沿着小溪飞下飞上，而是飞过毛茛地疾如箭样。那天晴空万里，那只鸟儿飞过我近旁，它被阳光镀身，染得遍体绿亮。我从未见过翠鸟在如此适宜的环境下飞得安详，在花丛的上空飞得如此之低，以至于黄色的花瓣一定吻到了其快速甩动的翅膀。它就像一个孤家寡人，从遥远的热带来此流浪。这是一种热带鸟，但我怀疑热带地区是否有什么东西能与毛茛地媲美？这片地面巨大完整，自然色彩灿烂辉煌。第一只鸟的爱妻稍后来了，又飞往其夫君所在的方向，带来一样的绿色璀璨效果。仅见到这一对佳偶天成，而且仅在这一次，尽管我经常造访这个地方，满怀着能再次找到它们的希望。

　　翠鸟通常都是蓝色的，我不知道为什么，这一次它却绿妆登场。在《阿根廷鸟类学》这本著作中，我曾描述了一种玲珑小鸟的相反情状——宛似暴君的霸鹟，当地的叫法花样繁多，譬如"全彩或多彩的戴菊"。它头上有一点蓝色，但整个背部，从颈到尾巴皆呈深绿微光。它生活于芦絮飞扬的芦苇荡，当它在强烈的光线下飞翔时，人们距离二三十米远观赏，它的外表又是天蓝色的明亮。这是一种阳光效应，但如何产生，对我来说恰如谜一样。以两只绿色的翠鸟为例，我倾向于设想——那片毛茛地闪闪发光的金黄，在某种程度上产生了这种幻象。为什么这些精致的鸟儿如此珍稀罕见，即使遇上我所描述的那种如此适宜它们的状况？它们是死于严寒冰霜？一位牛津郡的鸟类学朋友向我言之凿凿，要想弥补1891年至1892年可怕的冬天损耗，需要几个季节的有利时光。但每一位鸟类学家都知道，这只是事实的一部分，并非全状。在城镇和乡村各种各样的大屋小房，人们都能看到大量的翠鸟标本在玻璃罩下被妥善收藏，但最常见的是在乡村别墅和旅馆的客厅里，这些标本讲述的故事让人扼腕悲伤。不久前，一个年轻人给我看了一只箱子里的三个翠鸟标本，告诉我他在离伦敦很近的一个地方（他说了那个地名）射杀了它们。他说，那里仅存这三只鸟，他一周又一周地前去观察、等待、探寻，每隔很长一段时间才能见到它们一只接一只地出现，才把它们捕杀完。自从最后一只被杀以来，过去两年挂零，那地方再也没有出现过其他翠鸟的身影。他补充说，这些鸟经常光顾的水边，是伦敦上班族星期六下午、星期天和其他节假日成群结队地去休闲的风景名胜。确实，成百上千双疲惫的眼睛，能够看到它们钻石般美丽的异宝奇珍，一定会欣喜若狂、精神振奋，只会让他为自己的成就更加自豪骄矜。[1]

　　这个年轻人是在伦敦开小店的"东区佬"，属于偏狭自满、趣味庸俗的非利士人，因此没必要惊讶于他为这件事夸夸其谈、得意自鸣。但有个作家该如何评价？大家都很熟悉他描写英国乡村生活的精湛作品，都认为他在"大自然爱好者"中排列在前。他谈到他总是带着枪出门，主要是为了射杀任何他可能看到的翠鸟，以便把死鸟送给农舍主妻子作为会被笑纳的礼品。农舍主妻子果然把死鸟做成标本，摆在客厅壁炉架上作为装饰品！翠鸟及热爱大自然的人们好幸运，旧观念现正逐渐让位给新观念，新观念主张最好把我们拥有的美丽东西好好保存。而旧观念则认为，漂亮鸟儿就应为任何人的好玩取乐做出牺牲，确有一些这样的人：从我提到的那个酷爱运动却令人讨厌的小脑袋"东区佬"，到那个擅长描绘大自然之美的绅士作家。就在著有《南国野生动

---

[1]本书有几处人类猎杀、虐待野生动物的摘述，但可以看出，作者对这种野蛮行为是持谴责态度的（可参看《序》和本书第132页的引诗《可怜的马蒂亚斯》等）。保护野生动物，与之和平共处，才是正道。——编者注

物》一书的作者以拿枪射杀翠鸟自娱自乐之前的半个世纪,威尔特郡的居民们正以泪洗身——一位颇具社会魅力、拥有美好前途的杰出青年遭遇不幸——我在索尔兹伯里的一份旧报纸上读到了这段逸闻。他当时和一个朋友狩猎出行,那个朋友朝一只路过的燕子开枪,却失手射着了他,致他当场毙命。

当今,绅士们为了在九月一日前熟能生巧,都会出外练习射击飞鸟。他们照例射杀燕子,或者说射杀燕子会使他们练得更好。乐于此举,夫复何道。

/ 4 /

在小溪变宽并入大河的地方，有一处浓密而宽阔的芦苇荡，由一条深沟隔开形成芦苇岛，距河岸约十三米。蒲苇莺最喜欢在这里筑巢垒房，偶尔能听到多达十几只莺儿同时歌唱，虽然它们并非刻意聚会联欢，但剧场效应确实令人心花怒放。这不是一首像欧亚鸲及其他鸟那样喷泉般喷涌而出的歌，采用闪闪发光的声音；这是一首低沉的歌，像婴语喃喃，又像流水潺潺，在浅浅的卵石沟渠里飘逸滑行。再听一遍，起初以似曾合适的音相应，舒缓缓地，而后你方哼罢我低吟。散落芦苇岛上隐藏的歌手们，是小巧神奇的游方艺人，用于精彩表演的乐器五花八门，有些不知名，有些可辨认，诸如响板和骨笛、袖珍的绞弦琴、横笛、班卓琴、手鼓，以及潘笛——奇异合奏浑然天成。尽管这场音乐会很有意思，但对我的吸引力比不上蒲苇莺孤寂的吟唱。莺儿寡居独行，或仅与配偶形影不离，在溪流狭窄的高处亮嗓门。于是我可以朝它靠近，它不仅用那急促、尖厉的音乐给我的耳朵搔痒，还用一个鸟类心理学的小问题愉悦我的心灵。我坐在距它那杂乱的居所几米之内却听不到一点乐音，但我若跳起来发出响声，或用棍子敲击树枝，它就会不由自主地歌唱吟曲。这是鸟雀一种众所周知的习性，由于这种习性及发音的特性，经常被鸟类学家描述为"嘲讽、挑衅、责骂、愤怒"等。显然，在不同的时间里，鸟儿唱歌会有不同的原因。当它未受奇事怪物干扰而自发地歌唱时，就像别的动物一样发声，仅仅是表达热烈奔放的喜悦之情；在其他的时候，鸟儿则以唱同一首歌来抒发不同的心情，诸如惊慌、怀疑、焦虑，抑或愤懑。这是怎么回事？

谈到夜莺，我曾说过，它具备高度发达的歌唱功能，难免焦虑、苦恼或疼痛，会在不该唱时错发声，而学舌鸟就不会有这样的情形。新世界①的一些杰出歌星，因迷恋五音缤纷，就为自己的歌曲引入其所知的每一种粗粝、刺耳的叫喊声；但另一方面，为其老幼病残者的安全担心，它们只发出粗粝、刺耳的声音以防外敌侵凌，而不响起美妙的音符，以免招蜂引蝶。再来看蒲苇莺，它表达惊慌、焦虑和其他痛苦情绪的粗粝、刺耳的责骂声，也成了音乐表演的一部分。但这不同于大多数物种（包括学舌鸟）的歌声，它们发音非常快速，一首歌刚开启序曲就迅即到了尾声，粗粝而又优美的音符似乎重叠混杂，打个形象的比喻，声音形成了一种对比强烈的色彩模式，复杂又严谨。

现在，这首歌的起始音符总是粗粝难听，在其他的时候，这些声音表达了惊慌及其他或多或少的痛苦之情。我就此做出一种可能的解释：鸟儿在歌唱的季节一旦受惊，就立刻发出粗粝、刺耳的声音，譬如一块石头扔进芦苇丛中，它不仅喊话报警，还要发出暗示性的乐音，即本能地跟着唱出声。我观察到这只小羽毛的幻影，芦苇丛中诱人的精灵，我很快就不再见它、听它或想念它，这所在之处需要描述得更为详尽。一边是沿着小溪蜿蜒曲折

---

① 指西半球或南、北美洲及其附近岛屿。——译注

的山丘密林；另一边是草地，每天都有秃鼻乌鸦来这里觅食求生，有时或坐或站，纹丝不动，像是被喷气机翼切割下来的鸟禽，散落在半英亩平坦茂盛的草坪。

粗老的柳树已被人剃头摘顶，仍然沿着河岸到处生长，也让人赏心悦目，我想这是大自然中被人动过手术的东西，不时整形美容倒也与景观相处和谐、相得益彰。有一个几乎是死水的深水池塘，被一片芦苇丛生的湿地与溪流隔开，池面黝黑，睡莲静躺，尚未盛开怒放。它们刚开始露出光滑的嫩芽，蛇头样的形状，长在宽阔、油腻的叶子上，就像岛屿漂在水面上。在我这边，溪流的边缘有蒲草和其他水生植物疯长；对岸则有一些高大的赤杨，枝繁叶茂于大片荆棘和蔷薇丛上，它们一起形成了一个丰富而又美丽的纠结，那繁复的美景在村庄周围最茂盛的荒野和未被修剪的树篱中也有隐藏。蒺藜在这个地方生长得特别兴旺，它们爬得很高，伸得很长，苗条的枝丫在水面荡漾，有些门搭建扉拱在溪流上方。在离这片繁富美景不远的地方，飘溢着娇嫩的玫瑰花香，水上横跨着一座小木桥，那桥看上去没有被人派上用场。但桥仍有其一用：身处潮湿的植被中，自身却干涸又清爽，鸟儿从树林里出来喝水、寻蠋觅食，首先就栖息于桥上，左顾右盼、东张西望，然后飞去最喜欢的地方，那里曾经不乏美食佳酿。欧歌鸫、乌鸫、麻雀、芦鹀、苍头燕雀、山雀、鹪鹩和许多其他种类的鸟儿，整天东奔西忙、你来我往，因为现在它们大多有雏鸟要抚养，眼下正是它们最忙碌的时光。

这个地方的清静、美丽和孤寂，让我开始希望自己能回到孩提时代，去爬山、游泳，在阳光和鲜花中狂欢嬉戏，在精神上更

供鸟儿栖息的小木桥

接近鸟儿、蜻蜓和水鼠；然后可以在那里建一间小屋休息，住一整个夏天，忘却世界和世事的轻重缓急，没有人陪伴，也没有书可读，或者只有一本薄薄的诗集，譬如我偏爱的西班牙诗人梅伦德斯①，从他卷帙浩繁的作品中精选编成一小集。他是18世纪的歌手，也许居于那一长串杰出诗人行列中的最后一席，但其歌唱大自然生活的纯然乐趣无人能及。毫无疑问，这种魅力来自其所用语言的优美，来自其韵音的自由、优雅和飘逸。其诗作的押韵常常带有一种矫揉造作的坚硬声，就像石头破碎机的锤子有规律地叮当砸地。在更为自由的西班牙诗歌中有无数的诗句，使最流畅的抒情歌词相形见绌，显得生硬呆板、平淡无奇，而那些抒情歌曲就出自我们最甜美、最轻率的歌手，从赫里克②到斯温伯尔尼③，几乎千篇一律。但还有更多的东西。一方面，我们有时自夸我们的诗人比别国的诗人对自然的感情更强烈，这是否有道理？我怀疑。

最科学的批评家可能无法对丁尼生④的植物学和动物学吹毛求

---

①梅伦德斯·巴尔德斯（1754—1817），西班牙诗人，曾在萨拉曼卡大学攻读法律，后任司法官员，早期诗作有《献给费利斯的鸽子》《巴蒂洛》《圣胡安的早晨》等，受古典诗歌影响，文笔细腻流畅，节奏鲜明，后期作品收入《诗集》中，创作风格为新古典主义，但表现手法上已接近浪漫主义。——译注

②罗伯特·赫里克（1591—1674），英国资产阶级时期和复辟时期的所谓"骑士派"诗人之一，主要写宫廷中的调情作乐和好战骑士为君杀敌的荣誉感，宣扬及时行乐，其许多诗被谱曲传唱。——译注

③阿尔加侬·查尔斯·斯温伯尔尼（1837—1909），英国诗人、剧作家和文学评论家。他以音调优美的抒情诗闻名，并发明了一种小节形式的抒情诗，但其大部分诗歌都因过度押韵和千篇一律的音调和旋律而失去魅力。——译注

④阿尔弗雷德·丁尼生（1809—1892），是英国维多利亚时代最受欢迎及最具特色的诗人。——译注

疵，但如果对现代的细微、精确忽略不计，那么人们对自然仍有热情且能感觉天人合一。也许，我已与梦寐以求的独居小屋朝夕相处，在此首先念叨的诗人是西班牙的梅伦德斯，而非我们英国的民生或其他诗人的表情达意。我想起了他写给蝴蝶的诗句：

> De donde alegre vienes
> Tan suelta y tan festiva,
> Las valles alegrando
> Veloz mariposilla?

这西班牙诗文也许可以这样粗略地翻译：

> 快乐的人，你从哪里飞来，
> 带着那轻快喜乐的飞行，使山谷欢腾，
> 振翼的蝴蝶啊！

你能想象他就是那位大诗人，犹如插上紫色翅膀的空气和大地之子，穿过树林，下山来看我，而且带着无忧无虑的神态和从容轻松的心情。在这四五个词里，我们可以读到它魅力的全部秘密——从形体上看，它精致、娇嫩，似乎缺乏艺术魂灵；从精神上看，它天生就有一种古老、朴素、健康、自然的欢欣，以及与所有生命之子的亲情。但我不想打扰任何有先入为主之见的人。想到我的读者仅读一页甚至一行就会发现其与我观点相左而非产生共鸣，那将使我坐立不宁；我可以自由地承认，就诗歌而论，一个人的喜好一般会随其所具的心情和所处的环境而变化调整。大多数时候，在阴暗的伦敦家里，我可能会把玩着勃朗宁以寻求享乐和遗忘；但处于我一直描述的这种环境，像梅伦德斯一样心平气和的精灵最符合我的精神：其最优美的歌曲淡泊人情，其如风似影、随心所欲、不负责任，像其所钟爱的没有遭受尘世的染晕的清澈流水，他是鸟儿、蜜蜂和蝴蝶的兄弟，只崇拜自由和阳光，只对花儿倾注爱情。

在我所说的那座有用的小桥和玫瑰花丛的中间，有三棵榆树生长在小溪边开阔的草坪上。它们并不高大，但看起来像橡树，有长枝横伸。这是度过闷热时光的理想地点，我在阴凉处的矮草上刚躺下，就注意到一根凸出的树枝末端伸展在我头顶，离地面大约二十英尺，正好供林鹨栖身养性。它在空中唱着歌，优雅地盘旋绕行，落在树枝上，坐在我身旁，清晰可见又可闻。它鸣唱完一曲，间歇时重新鸣唱，然后离开心爱的栖木降落草坪，又哼着曲，唱着歌，去了几码外的树荫，而后再唱了起来，沿树向上爬行、爬行、爬上树顶，不一会儿又滑着下来，但翅膀并未伸展，而是以一种优美的摇摆动作，滑落到树枝上的原处歇身，在那里哼曲、唱歌、鸣啭。如果梅伦德斯本人满脸通红、双眼含笑地向我走来，坐在我身旁的草地上朗诵他最迷人的一首诗给我听，我就会用手指捂住嘴唇，以求享受安静，因为在这世外桃源，我正身心安宁，我所处的亭子绿荫掩映，亭外阳光灿烂如熠熠黄金。

在我看来，这只林鹨突然身价倍增，超过任何一只有羽毛的雀或没羽毛的人。然而，林鹨因为其曲调旋律变化很少，在英国的音乐家中并没有得到好评。但它的歌声毕竟甜美、圆润，其甜美甚或胜过所有歌声。事实上，有千百种事物，不，有数百万的景象、芬芳和声音，被描述或可能描述为甜美、圆润，这比喻是如此流行，而太过普遍的流行用法也许在某种程度上对它而言是贬损，但在这种情况下，又找不到其他词恰如其分地来描述所产生的感觉。林鸫的鸣声相对较短，并在短暂的间歇后又重复呻吟，但音符的数量和长度常有些变化。开头的音调厚重而低沉，性质上相似于这一类群中许多其他物种的喉音，比云雀和林百灵的喉音更柔和，它们有些近似的特征。金丝雀般的颤音和轻柔而绵长的管乐音，在不同的个体中迥然有别，并在许多情况下忽略了颤音。但我正考虑这首歌的结束音，只是一个音符重复了一次又一次，是清晰又美丽的有屈有伸，并饱含着我提过的甜蜜、甘醇。音符向下溜滑发声，每重复一次就更加缓慢且富有表情，仿佛歌唱家被生活的甜蜜及自己的表现所征服，结尾时又有些憔悴、揪心；它的效果就像金银花的香味，用一种柔和而美味的憔悴感染着心灵，好想舒适安静地躺着，在更广阔的领域翻来覆去地将同样的蜜汁豪饮。

对一些熟悉这司空见惯的小鸟的人来说，我似乎夸大了其旋律的魅力。我只能说当时的心情让我非常感激，而且我从来没有听说过这个物种的任何其他个体能够产生完全相同的效力。我们知道，同一种类的不同鸟儿的鸣叫大相迥异，在一些看似完美、歌唱相似的鸟类中，一只会比另一只更有魅力。事实上，它们并不相同，对我们的影响力也各有大小，但我们尚未感悟、察觉，或是还没有受到足够的训练以探究其同中有异。诗人的词语可用来描述这自然的旋律，也可用来揭示艺术的真谛："啊，再多一点，多多有益！"

在村子周边，与农舍不过步行几分钟的距离，就有不少于六只林鹩，每一只都在其中一处栖息。从日出海东到日薄山西，几乎一天中的每时每刻，我都能期望找到其倩影，听到其娇啼。但我对此忽略不计。我每天回到那只被选中的鸟儿身边，躺在树荫下消暑避热，倾听它娇声喘气。最后，我虚度了两三天光景，再次来到这个老地方，却不见了那神秘的魅力。鸟儿仍在那里，像从前一样忽落忽起，倾吐着它的旋律，但不一样的，是上次那些含情脉脉的甜美音符中少了些什么东西。也许在近段时间里，它在野外所过的小日子里发生的意外令人不安又消极，尽管我几乎不敢相信，因为其伴侣就在离树约三十码远之地，坐在其窝中的五个斑驳陆离的小蛋上歇息。或者说，它的盛夏音乐已经登峰造极，让人感叹今不如昔。也许是我的错谬。吸引我们保留的美德并非永远要保留，而且也不会长久。它不知怎地背离了一切，我们想深入探究。我们自身蒙受了损失，虽然我们并不很清楚。大自然，我们心仪已久的情人，不会因为我们而改变，但她现在，甚至是今天，"少了紫色，藏了香料"，红颜媚笑地诱惑我们，已是徒劳无功、昙花一现，当她用那温润爱意抚摸我们的脸面时，相比昨天，反应微弱得还不如蜻蜓点水。

/ 5 /

　　从水边穿过树林回来,一天中最热的几个小时已经过去,到处都能听到斑鸠的呻吟,唱着那首似乎永无完结的夏日山毛榉摇篮曲。其他的鸟叫声来自欧柳莺、林柳莺、煤山雀和现在有点讨厌的叽喳柳莺,从远处传来的是乌鸫丰富而悠长的鸣唱,偶尔也传来苍头燕雀的抒情。身处寂静的森林,这只鸟从一棵高大的树上发出歌声,会让人欢欣鼓舞。这时有一种共鸣和野性,犹如天籁之音,在花园和果园里难以找寻。在村子里,我很高兴地发现,苍头燕雀的鸣叫在混杂的吟游乐中珍稀似黄金,人们可以从中欣赏到它那雄浑有力的声音,虽然并不占上风。

　　在这些森林歌唱家中,林柳莺给我留下的印象最深。无论我走进树林的哪个角落,都能听到它的声音。这片森然的山毛榉世界是林柳莺最乐意的宿营,每一对都有自己的一亩三分地。山毛榉在其领地上生长成占半英亩左右的树林,在这块密林间的某一处,雄鸟总是从远处传送歌声,举目看不见其身影,它却栖身于沐浴阳光的叶丛中,即巨树之顶。步入树林,我会静静地站上几分钟,倾听各种各样的声音,直到那一种迷人的乐音从远处传进耳朵,直达心灵。此时此刻,此情此景,会让我想去找到一张床铺,铺满去年的缤纷落叶,坐在叶床上面凝神谛听。在树林的暮色中，高悬的翠叶绿云招摇于我的头顶，我聆听静谧，倾听惠风吹拂树叶的低吟，然后听到乐音前奏似的滴水声，声音越来越大，飘落越来越快，直到形成一声悠长的颤音。

我会坐在那里倾听半个小时甚或整整一个小时，但结局不会来到，鸟儿不知疲劳，在树叶中神秘兮兮地咕咕叽叽，太阳也感到烦躁，把它送下天空，因为直到太阳落山、树林变黑，其歌喉才停止鼓噪。从山毛榉的浓荫中走出来，走上隔开树林与果园的宽阔绿草道，停下一会儿，俯瞰那大半个隐蔽的村庄，最早传到我耳边的总是大杜鹃、欧歌鸫和乌鸫的鸣叫。

在村子里，从清晨到黄昏，这三个声音或远或近，总是高过别的鸟鸣。我觉得自己好幸运，因为小屋附近没有一棵大树被画眉鸟选作舞台，歌唱黎明。离我最近的一棵鸟儿中意的树，也在田野的另一边，所以当我三点半或四点钟睡醒时，那不知疲倦的刺耳的声音才从敞开的窗户传来，但由于距离颇远，也因经沾染露水的湿漉漉空气浸润，那声音变得柔和了，更加纯净。要欣赏欧歌鸫和云雀的叫声，必须隔开一定距离。那天清晨，我坐在开着的窗前，大杜鹃的叫声最为流行；到处都是鸟儿，鸟儿互相问答、呼应，或远或近，持续不断地重复着它们的双音，以至于这种声音，在性质上不同于自然界中其他的声音。春天里人们如此倾心并渴望听到的声音，失去了往日的神秘和魅力，只不过是养鸡场里的咯咯声。

那是大杜鹃的村庄，有时三四只鸟会相互追逐着穿过巷子另一边的树林，争先恐后地飞翔，降落在大门口那棵小树上，夜莺却习惯于在夜幕降临时去造访那棵小树。在大部分时间里，一直躲开视线的别的鸟儿也于清晨来到同一棵小树旁。它经常被造访，它栖身的瘦小的树干被像古怪的老鼠一样的蔓生植物和五色雀仔细检查。毫无疑问，它们以为五点钟太早，辛苦的人类还在睡觉。它们要么不知道我的存在，要么对我的存在并不计较。然而，在那些大杜鹃喧闹的日子里，有沙哑的笑声、双音节的叫声和狂野的冒泡声把我们环绕，在这许多悦耳的声音中，哪里去寻找大杜鹃的伴侣，或女仆，或信使，亦即古雅而美丽的蚁䴕？英国的鸟类很少，也许一只也没有——甚至连更让人有兴趣观赏的禽鸟也观赏不到，譬如狡猾的喜鹊、神秘的飞蛾似的夜鹰，以及热带翠鸟。

黄昏时分，我在树林边徘徊，也徘徊于其他可能的地方。夜鹰没有降临，驾驭着它那灰暗斑驳的翅膀，无声无息地东飘西荡。现在我感到了更沉重的失望。我找不到蚁䴕，那些长满青草的寂静果园，被蔓生的树篱包围得宛若铁壁铜墙，本该热忱邀请蚁䴕在炎夏时光来做客。旋木雀和普通䴓、欧椋鸟和宝石般的蓝山雀，都在老树干上找到了足以供繁殖用的洞穴。但我知道它在那儿，虽然并非常客，且具体位置我也说不确切，也许在下一个树篱、田野或果园的另一边；因为我听到了它那独特的叫声，一会儿在这边嘶鸣，一会儿又去那边撒野。我日复一日地追踪着那鸟嚷，有时迫不及待地强行穿过荆棘丛生的树篱，结果衣服被撕破，双手被划伤，像是遭遇猫科猛兽，被袭击了一样，但我仍然没有发现那古怪的形象。

最后，我开始怀疑那是个什么生物，能发出这种有穿透力的怪叫。第一次听到的是鸟儿的鸣叫，再也没有了，渐渐地，它变得越来越像一种笑声——一种悠长的、深远的、响亮的笑声，那不是我想听到的所感兴趣者发出的笑声，而是一种充满欢乐和人性、带着油嘴滑舌似的笑声——如机械声般的枯燥，仿佛一种没有灵魂、没有生命的管乐器奏出的笑。这有点莫名其妙。一天又一天地听着，听某段曾经存在但已不再的人类奇怪的历史，述史的声音在我的脑海中逐渐形成，因为我们都拥有一点这种神秘的本事。它不是鸟，不是蚁䴕，而是曾经，很久、很久、很久以前，在那个美丽的地方，曾是一个乡村小伙子——一个自由开心、无忧无虑的好小子，就像其他许多男孩子。但生活对这个男孩来说，比对其他人重要得多，因为大自然因其敏锐的感受而显得更加生动活泼，因此，他对生活的热爱，以及对生活的幸福感远远地超过其他人。年来岁往，树都会落叶，花也会凋谢，鸟儿会飞到地平线之外的某个遥远的国度，太阳在天空中会变得苍白而寒冷，但所有事物给他留下的美好印象，给了他一种永恒的快乐。他所看到的葫芦草、香荆芥和金银花在树篱里已萎靡不振，但它们的外表并未因遭霜冻而变形，仿佛他的温暖使它们得以维持并获得永恒的生命。在那具有神奇记忆力的内心世界，鸟儿仍按各自的类别唧啾、鸣啭，太阳永远照耀着它们。但他生活在一个愚人的天堂里，渐渐发现，一个曾是他玩伴的男孩开始变得消瘦、苍白，最后病倒了，再也没有起来。他蹑手蹑脚地走近，看着死去的伙伴躺在地上一动不动、气息全无，脸像一块白黏土，然后更可怕的，是他被抬出来放进坟墓里，冷冰冰的泥土把他沉重地覆盖。

这是一件什么事情，如此奇怪而可怕？有人第一次告诉他：

我们只属于生命的一个季节，我们也像树叶和鲜花，繁荣一段时间后就会凋谢、腐化，消失于泥土，与尘埃混杂。这悲哀的认识来得太突然，太生动，太可怕。他无法忍受。只有一个季节！只有一个季节！大地仍会是绿色，天空仍会是蓝色，阳光仍会永远照射，他却不会再看见，也不会再知道，再感觉！一想到这个，他就痛苦不堪，偷偷地离开了别人的视野，躲在大树林中、灌木丛里，独自思考着这样一个可恨的命劫，用虚幻的渴望折磨着自己，直到自己也变得消瘦、苍白，眼睛大得开裂，跟那死去的男孩几无差别。那些看见他的人们摇摇头，压低声音交头接耳：他不久就会离开这个世界。他知道他们为什么说三道四，这只会增加他的痛苦和恐惧，使他对他们恨得咬牙切齿，因为他们对死亡等待着他们的可怕事实一无所知，或者对死亡漠不关心，因此他们从未劳神费心地告诉他这件事。他们只关心睡觉和吃喝，对死亡漠然视之，也无察觉，因为他们迟钝的视力看不出大地的荣耀和美色，迟钝的心灵也不会呼应大自然永恒的欢乐。村民们严肃地摇着头窃窃私语，甚至连他最亲近的亲戚也看不下去。他终于从他们中间销声匿迹，他们再也看不见他那苍白、惊恐的面皮。从那时起，他就在茂密的灌木丛中藏匿，靠着野果和树叶维持着悲惨的生活，勉强充饥，每天都要在某个遮蔽处躺上好几个小时，仰望着那蓝天白云、万里晴空。这是他只能凝视一个季节的土地，他豆大的泪珠滚落憔悴的脸颊而未被人注意。

在近段时间里，终于发生了一件事，是他历史上最模糊的一部分，因为我不知道是谁或是什么事情，我的脑子里一片迷雾疑云。我偶然发现他躺在杂草和枯叶上面，藏身处的地面更是荆棘丛生。那可能是吉卜赛人或女巫——那时候有不少女巫——突然看着他的脸仰起,从他深不可测的眼睛里看出了饥饿,就对他充满了爱意,尽管她生来满怀恶意;或者是一个来自地底的灵魂,或者只是一个聪明伶俐的男人,一个苍老孤寂的白发古人,他一生都在探索大自然的奥秘。这个人知道了男孩悲伤的原因,也知道了他因何陷入孤独、悲惨的处境,便开始安慰他,说没有什么愿望不可实现,没有什么悲伤不可抚平。他谈到了大自然隐藏的特性,只是对那些不寻求了解的人还很陌生;谈到了万物所固有的辉煌德行,就像清澈无色的雨滴中闪烁着绿色和紫色的火焰,仅在极少场合才能看清。关于生与死,他说,生命属于永不消逝的灵魂,死亡只是灵魂寓所变迁的一个过程,当灵魂离开此处,迁去彼处继续生存时,剩下的身体就碎成了尘埃。而那些憎恨这种变迁的人,可以通过思考延年益寿,活上千岁,像蝰蛇、乌龟一样,甚或永生。

但是,不,他不会让这可怜的孩子独自去盲目探求其渴望拥有的那些隐藏的知识。他对他太怜惜,太担忧。方法简单,唾手可得,大地上充满了美德,能把他从饱受惊悚的解体中解救出来。原理存在于一个多么渺小的东西、一个多么卑微的生物中,且能使他的身体如同他的灵魂一样不朽。他一听说就大吃一惊,浑身发抖。然而,小小的罗盘中,往往存在着巨大的力量:瞧瞧蝮蛇的牙齿,在我们看来,它不过是小刺的端顶,尖似麦芒,但小蚂蚁身上也存在着比自然界中其他物种都更强大的力量,这种力量是如此巨大而穿透力强,以至于即使是那些愚钝、野蛮的人,只要不去探究物藏事隐,也会知道它的某种力量。但他们并不知道这种酸性的最伟大的品行。蚂蚁是一个小种族,却非常强大、聪明。如果一个小小的人类孩子有蚂蚁般的力量,他将在力量上超越有史以来最强大的巨人。同样地，蚂蚁在智慧上超过了人类，而这种力量和智慧正是蚂蚁身上酸性原理的结晶。现在，如果任何人能够克服对一种奇怪食物的厌腻、恶心，靠蚂蚁而不是别的东西维持自己的生命，那么酸对他的影响就是改变和硬化他的肉身，使它能抗御任何形式的腐烂或变形。只要他仅吃这种食品，他就会延年长生。

这个可怜的男孩毫不犹豫地将这新奇的知识身体力行。他发现并洞开了一座蚂蚁山岭，如饥似渴地闭上眼睛，大把大把地抓起发疯的昆虫，连同灰尘和蚂蚁囫囵并吞，然后被折磨了好几个小时，感觉并认为它们在他体内还活蹦乱跳，跑来跑去寻找出口，疯狂地胡咬乱啃。奇怪的食物使他生病了，脸色越来越苍白，身体越来越瘦骨嶙峋，直到最后，他几乎不能手足着地爬行，就像一具骷髅，除了那双悲伤的大眼睛，还能看到绿色的大地和蓝色的天空，还能在天地深处有所反应，表现出一种欲望渴求、一种惊心动魄。慢慢地，一天又一天，随着他的机体习惯了新的食饮，他恢复了体力，又能够直立行走、奔跑，还能爬上一棵大树，隐匿地坐在茂密的树叶中，俯瞰下面的小村。他曾在那里第一次见到光明，度过快乐的童年，那是何等的无忧无虑、漫不经心。

但他并未留下温柔的回忆和遗恨，他唯一想的就是蚂蚁，想到哪里找来足够的蚂蚁充饥。因为在克服起初的厌恶感之后，他又开始喜欢这种食品，吃起来狼吞虎咽。随着力量倍增，他捕捉活跃的小昆虫猎物也更加灵巧、机敏了。他不再把蚂蚁抓在手心，连同尘土和沙砾一起吞下去，而是机灵地捡起蚂蚁，以闪电般的速度一只一只地送到嘴里，黏液生津。同时，他听到了有关这个"酸性原理"的美妙事情，对他机体的影响随之产生。他的皮肤变了颜色，他也萎缩成小型。过了许多年，他终于瘦成了现在的灰色小假人。他的思维也有了改变、迁移，他未曾想过，也记不起他以前的生活和状况，也记不起他早已死去的家人、亲戚。但他仍然常去那个村里，他很清楚在哪里能够找到小蚂蚁，然后用他那敏捷的爪状小手从蚁丘和树干上抓下小蚂蚁。语言和歌声随同人类所有物事都被遗忘，除了他的笑声还被记起，因为每当已然解渴充饥，每当躺在地面枯叶上或坐在树枝上，享受着阳光和煦的洗礼，他有时会突然感到快乐无比，就用一种狂野的长笑来表达这种快乐，笑声是那样响亮、清晰。听着那奇怪的声音，虽然我看不见他的踪迹，但仍能想象出他的仪容，因为他意识到我正接近且小心翼翼，便害羞地走到一棵长满苔藓的树干后面，静静地等着我过去。一个土灰色的瘦小男子，穿着一件用柔软的丝质材料亲手织成的条纹斑驳的奇特风衣，头上戴着一顶很得体的棕色尖顶帽子，帽子上插着一根条纹羽毛作装饰，干瘪的灰色小脸上，镶嵌着苗条的尖鼻、皴裂的嘴皮，圆圆的明亮大眼放射出惊奇。

在我的脑海里，这个形象是如此清晰，以至于我没有必要去看这个东西，于是我就不再去找他了，然而事情的发展并非沿这样的轨迹。有一天，我听到好不熟悉的高亢的笑声，带着刺耳的鼻音气息。我看了看，看到了那个发出笑声的东西。它刚才还在靠近地面的树枝上栖息，即刻又离去，飞越了田地。它毕竟只是一只鸟，不过是只蚁䴕而已。而我所说的那种神秘的能力，说我们大家都拥有的某种东西（也就是说只有我们中的一些人拥有其中的一些），终究不过是古老的普通想象力。

后来，我又看了六次，但始终没有看到我称之为满意的景象。它像啄木鸟一样在长满苔藓的树干上栖息，有时忙着它那古老而迷人的工作，熟练地捕捉着奔跑的蚂蚁。

这种古雅而美丽的独特鸟类，在过去半个世纪或更长一段时间里，在我国越来越不常见，想到这事，好不令人郁闷、心酸。在过去的十五年或二十年间，这种鸟类数量下降非常明显。在这种情况下，下降并非由于迫害，因为这种鸟没有登上猎场看守人的黑名单，也没有因为变得如此稀罕，全国各地的业余死鸟收集者就着手有计划地将其斩尽杀绝。毫无疑问，当蚁䴕与金黄鹂、戴胜、鹟鹨及其他被认为永远该杀的物种属于同一类时，这种状况仍不会消失，也就是说，当赋予它飞翔、优雅和美丽的生命精神从它身上流逝，那些只珍视蚁䴕的人就会争抢鸟的残尸，而在此期间若不采取措施对其抢尸的热情加以抑制，那么那鸟也将不再存世。到目前为止，我们对它衰减的原因仍然一无所知。我们也就只能蒙昧无知地说，这种鸟类也会像其他无数不复存在的鸟类一样，可能已经走投无路，到此为止。

或可想象，它的机体正在经历一些缓慢变化，逐渐走样，这表明了它的迁徙本能，冬季侨居非洲对它来说越来越习以为常。但在这种情况下，所有猜测都是空穴来风。无论如何，对于鸟类学家来说，想到一个没有蚁䴕的英格兰确实令人沮丧。但在那仍然遥远的一天到来之前，让我们希望，对鸟类的热爱将成为大多数人的普遍情感、共同向往，因一些偶然乔迁而来，以及许多从

蚁䴕在捕捉蚂蚁进食

遥远地区引进的新鸟类的增添，鸟雀的生活将会更加丰富多样。

我围绕蚁䴕徘徊了很久，孕育出一个关于此鸟的故事——这次不是童话，而是真事一桩。在村庄的边界上，靠近树林的那一边，鸟类更为兴旺，因此也是最吸引我的地方。那里有一座如风景画一般的古老茅屋，视线几乎被前面的树篱遮挡，周围密密麻麻地形成了树木的海洋。一边是一片种植了老樱桃、苹果和李子的果园，另一边是一片茂盛生长的草地，这些都是住在这间小茅屋里的老人的财产。他颇具个性，不同寻常。无论如何，他和周围的大多数屋主并非一个模样。他们大多过了中年，神情都有些沉重、沉闷和沮丧。而这位老人暗灰色的眼睛里闪烁着光芒，流露出聪明的好奇和情商。他年逾花甲，饱经风霜，和蔼可亲的神态注满古铜色的饱满脸庞，仿佛长久以来映照他脸上的阳光并没有全部用光，还把他的皮肤也涂上了那种浓郁的旧家具光泽，透过表皮进入心脏，使他的存在愉快甜蜜、馥郁芬芳。但那是一张非常粗糙的脸，嘴唇很厚，鼻子没有形状。他个子矮小，肩膀宽阔，在温暖的日子总是穿着带袖的衬衫，布料粗糙，颜色土黄，裸露的棕褐色胳膊直到肘关节都显粗犷，背心和裤子看上去穿了半辈子，斑驳陆离点缀着大理石花样，似乎所采用的颜色均出自他生活、工作中处理或摩擦过的材料和对象——木材，苔藓附着的树、草、黏土、砖块、石头、生锈的铁，等等，数量多达几十个。他穿着田间劳动者的厚靴子，他那古老的褪了色的毡帽早已失去了原来的形状。最后，为了完成这幅肖像，他嘴里从没叼过一根黑色的土制短烟枪。无论如何，我见到他时，他从来没表现出这副模样。因为每天我走过他的领地时，他都会站在树篱外面彷徨，或刚迈出门框，手里总是拿着什么东西——铁锹、叉子、木棍，或是一个空的旧果篮。他虽然看上去很忙，但总会停歇几分钟跟我讲话。我逐渐开始感觉他善于应酬，乐于聊天，交际很广，但也喜欢让我觉得他是在工作时与我偶然相遇。

一天早晨阳光普照，我经过他的田地，遇见他出来了，头上顶着一大捆绿草。"怎么了？"他走到一个摊位前喊道，"你今天在这儿呀？我以为你去了赛帆船那儿凑热闹。"我说我对帆船赛知之甚少，也不大在意，倒是花一天时间看鸟听鸟，比乡下所有帆船赛更让我快乐逍遥。"我想你不明白吧？"我补充道。他从头上取下那一大捆绿草，并摘下那顶旧毡帽，把里面的灰尘掸掉，然后吸着他的短土烟斗喷云吐雾。"好吧，"他终于说道，"一些人有这样的爱好，另一些人有那样的爱好，但我们大多数人都喜欢帆船赛的热闹。"在随后的谈话中，我问他是否认识蚁䴕，它是否曾在他的果园里筑巢。他不认识那鸟，没听过它的名字，也没听过大杜鹃的配偶及蛇鹈。我详细地描述了它的外貌，他说村里人也不认识这种鸟。我向他保证他错了，我已经多次听到那鸟的啼叫，甚至在我们谈话开始时还听到它在远处的一次哭嚎。听到那遥远的哭嚎，我不禁又重弹那个老调。他突然想起，说他知道了，或以前就对那蚁䴕耳熟能详，但对它的名字确实并不知晓。

他说，大约二十或二十五年前，他在他的果园里见过我刚才描述的那种鸟。它日复一日地到来，在树干上移动时的样子很古怪。他开始对它产生不小的兴趣。一天，看见它飞进一棵老苹果树的根部啄洞为巢。"现在我抓住你了！"他不由得欢叫，跑过去，伸手进洞里，尽可能地往里掏，但还是够不着那只鸟。他眉头一蹙，计上眉梢——饿死它，这法子好，于是就用黏土堵住了那洞巢。第二天的同一时刻，他又把手伸进洞里，这次成功地抓住了那只鸟。这对他来说太奇怪了，他把它拿给自己的家人看过之后，又把它展示给邻居们瞧一瞧。他们中虽然有些是耆老，却没有一个人见过这样的鸟。他们得出结论，这是鸫，但不同于他们所知道的普通鸫。他们都看过并充分讨论后，他放生了它，任其展翅扶摇。但令他惊讶的，是几个小时后，它又回到了它在果园里的洞巢。几周后，它从被他捕捉的洞里带出五六只雏鸟。几年来，每逢适时的季节，它都会回到那个洞巢，养儿育女，繁殖幼鸟。直到那树被风吹倒，之后就再也见不到那鸟了。

这只可怜的鸟，其遭遇多么痛苦、难熬！先是因筑在树根处的洞巢被涂上灰泥，让它窒息而死或成饿殍，然后被抓住，从此手传递到彼手，那些手又都似牛角般粗糙，而村民们正莫衷一是地讨论着，且讨论的方式慢条斯理，它那颗小小的野性的心一定在疯狂地惊悸动摇！最后，它被释放了，马上回到那危险的树根处产卵，育宝宝。我不知道哪个最让我吃惊得莫名其妙：是这只鸟在受到如此刻薄的待遇之后又回到了它的洞巢，还是村民们对它的无知并瞎胡闹？这件事情似乎表明，在很长一段时间里，蚁䴕在这个地方一直珍稀得如凤毛麟角。

一般说来，村民不是精明的观察者，这并不奇怪，不足为道，因为对于并不特别感兴趣的事物，没有人，或者永远不会有人精心观察。因此，乡下人只对最普通和最显眼的事物去熟悉、了解，津津乐道。他低头埋首，艰难地过活，因对事物漠不关心，视觉变得模糊、狭小。随着年龄增长，他忘记了孩提时代通过锐利的目光所获得的知识奥妙,那个时候,每个生物都曾引起他的关注、探讨。在意大利,尽管鸟雀稀少,但我相信那里的农民更熟谙他们的雀鸟。个中原因并不难找,每一只鸟,包括"经常出没教堂的崖沙燕"和夜莺、微小的戴菊,都被认为是可以给一盘玉米粥增添风味的一小块食料——如果这飞来飞去的害羞的小东西正好在酸橙树枝伸展的距离内中招。因此,他们对鸟类产生了强烈的兴趣和爱好,从某种意义上来说,他们非常"爱"鸟。正因为他们中意这种调味佐料,意大利乡村已难觅歌唱家般的禽鸟,届时还会让阿根廷传出同样的噩耗:意大利的鸟族大量移民,鸟群不断萎缩,阿根廷的雀鸟也会掀起移民潮。

/ 6 /

从我五月份抵村那天起,直到七月初离开村庄,雀鸟一年一度地正为结对配偶、筑巢造穴和生儿育女的伟大事业而不间断地奔波。当我第一次沿着树篱散步徜徉时,那些最早繁殖鸟儿的年轻雀鸟已经长大,扑扇着强壮的翅膀。篱笆树林苍翠欲滴,苹果花盛开如白云,点缀玫瑰色香,我经常穿林倚树,观察鸟儿玩花样。当我离开的时候,一些在这个季节繁殖不止一次的鸟类正在培育第二窝或筑巢造穴建新房。

第一天,我在苹果树的一个洞里发现了一窝羽翼丰满的蓝山雀,这对小鸟来说是一个危险的地方,因为苹果树倾斜向小巷,站在地上的人几乎可以到达洞旁。第二天是星期天,我去看它们的生活怎么样,沿着小巷悄无声息地走近,看见两个小男孩站在离树三四码远的地方,盯着山雀,兴奋之情洋溢于洁净的脸庞。雏鸟的父母在树根附近的醋栗灌木丛中寻找食物,目中无人地飞上飞下,时不时地回访洞穴;而幼鸟则尖叫着聚集在入口处嗷嗷待哺,其黄色的胸脯在雨水淋湿的树林和黑暗的洞内显得格外耀眼、明亮。两个小旁观者一看见我,脸上兴奋的红光就消失了,他们陆续走开,茫然地直盯着前方。这种瞬间表现出本能的伪善非常有趣,幸好我不苟言笑,否则会捧腹欢畅。"现在,看

两个男孩在观察蓝山雀一家

这儿。"我说道,"我知道你们在找什么,所以到处走走逛逛,好像什么也没看见,真会装模作样。其实你们一直在看那些小山雀,嗯,我也一直在观察它们,等着看它们张开翅膀。我敢说它们明天或后天就会出来,我希望你们这些小家伙不要在那之前把它们拖出来见光。"他们立刻抗议道,他们没有这样的意图。他们说自己从来没对鸟巢进行过偷抢,自家花园和果园里有好几个鸟巢,其中有一个是夜莺窝,窝里还有三个蛋,他们却从来没有拿过一个蛋品尝。但他们说,他们认识的一些男孩曾将其发现的所有鸟蛋拿光,其中一个男孩闯进了这里的每一个果园和花园,他敏捷非常,几乎没有鸟巢漏网。他每发现一个巢穴,都要摧毁,有蛋就把蛋打碎,有小鸟就让它们遭殃。我想,正所谓欲取之必先毁之。因为我对这种年轻的"人间魔鬼"略知一二,威尔伯福斯[①]在另一个场合这样说过,这句话十分出名。

后来,我听说了更多关于这个村歼鸟夺冠的"英勇"事迹。说来奇怪,讲述者专做捕鸟的生意,这个人外形猥琐,家住伦敦的一个贫民窟里。他告诉我,在他撒网的公地上,大约有三十个鸟窝,并有蛋或雏鸟在窝里。但这个男孩跟着他跑了过去,很少鸟窝能逃过他犀利的目光。就这些年轻人而言,这些小山雀相当安全,我很满意,但感到遗憾的,是他们是这样的小男孩,而那大的歼鸟者则是个强壮的孔武有力的男青年。他们说起他的邪恶行径,就怒形于色,愤恨不已,否则我本应劝他们为他"奔波不息"。奇怪的是,我听说另一个男孩在几英里外的另一个公

---

①威廉·威尔伯福斯(1759-1833),英国议员,废除奴隶运动的先驱,并发起成立防止虐待动物协会。——译注

地实施了同样的残忍和打击。我穿了过去,看见两个男孩在草丛中嬉戏,他们同时看见了我,于是一个跑了,另一个依然站立。他是个八岁左右的可爱小孩,看上去像是在哭泣。我问他是怎么回事,他告诉我,刚才逃跑的那个大男孩总是在公地寻找鸟巢,只是为了摧巢毁穴,杀死小鸟。他,那位告密者,每天都到那里去,只是为了偷看一只赤胸朱顶雀的窝巢,巢穴里有四个蛋,这只鸟正在那里栖息着。另一个躲在灌木丛里的男孩看见他往那里跑,冲了过去,从灌木丛里拉出了雀巢。"你为什么不把他打倒?"我问。"在他把雀巢拉出来之前,我就已经这样想了,"他说,接着悲伤地补充道,"但我先被他撞倒。"

此时此刻,我想起了古希腊的一个故事,关于一个这样的男孩——在这个国家,每个教区都有这样的男孩。这是一个牧童,他跟着或牵着他的羊走到远离村庄的地方,网捕小鸟,以图好玩愉快,还要用一根尖刺把小鸟的眼睛刺伤,然后高高抛起,看它在盲目中还怎么飞,又能飞多远多快。有人看见他这样做,就把这件事报告给村长或他父亲,他被带到他们面前,经过适当的考虑,被判处死刑。这样的决定一定令我们极为震惊,而对一个半野蛮民族来说,值得施行。然而,如果残忍是所有罪行中最严重的一种,而这种残忍又是一种最可怕的罪行,它就会使人与神话中最邪恶的魔鬼处于同一水平,那么将这种存在抹去,以免污染其他年轻人的心灵,甚至应该知道这种罪行极有可能发生,这无疑是一种正义的行径。

所有那些在六月十六日之前抚养好幼崽的鸟雀都很幸运,因为那天早上,在村子的一头听到了巨大而连续的叫声,伴随着枪声、旧铜铁器的敲打声，还有其他各种不同寻常的响声，直到夜晚才偶尔有了间歇性的安宁。这狂暴的声音一天天地传来，直到整个村庄和周围的果园都被卷入其中，那些被困于宝贝所在地的可怜的鸟儿们，生活状态一定是一直惊悸、惶恐。现在樱桃已经快成熟了，以水果为食的鸟，特别是欧歌鸫和乌鸫，在树叶间闪烁的深红色中浑身红肿。在非常大的果园里，男人和男孩们整天都驻扎着，滥叫狂轰，嘶喊驱赶，鸣枪吓退掠夺者。在较小的果园里，树上装饰着彩色的纸和古老的帽，还有一些奇形怪状的烟囱，旧的外套、背心、裤子，以及五颜六色的破布都会在风中飘动，这些东西通常被认为有足够的保护效用。但有些鸟比同伴更聪明，未被这种简单的方法吓蒙，只要不是成群结队地来，而是单独行动，就都能食饱果腹，且不会在任何人的注意之中。

  我很惊讶地听说，大的种植园都有不成文的教条，雇工是不允许使用枪弹的，果农的目的只是把鸟吓跑。我与曾聊过蚁鴷这个问题的老朋友交谈过，告诉他我看到一个驱鸟者回到他的小屋，那是一大早，他手里拿着刚射杀的十几只欧歌鸫和乌鸫。是的，他回答说，有些人会买枪购炮，在他们的主人没来之前就用上，但如果我看到的那个人用枪时被逮着，他就会被当场解雇。这不仅是因为树木会被枪伤，而且果农对鸟也很友好。我说，大多数果农都恨死了雀鸟，只想将它们尽可能多地杀掉。他回答道，在某些地方可能是这样，但这个村子不会这么惨无鸟道。他本人和大多数村民很大程度上都以种植水果为依靠，他们相信，一年四季，此雀带来彼雀，一鸟引来百十鸟，雀鸟对他们的伤害远远少于利好。然后，我给他谈了约瑟夫·威瑟斯彭先生对鸟的看法。约瑟夫是英格兰北部切斯特勒街的著名果农，起初按其父亲（一个菜农）的教诲，对鸟儿进行凶狠惩罚，但经过多年的仔细观察，他完全改变了原来的看法，现在深信鸟对果农益处极大，于是竭尽全力吸引它们，引诱它们来自己的地里繁殖、育娃。

他的主要观点，是进家宅里吃东西的鸟儿生活于树林，在它们生长的每一个阶段都会寻找并攻击园丁的敌人。同时，他认为在树林附近种植水果有很大的弊病，因为在这种情况下，林中鸟无益于花园茂盛，但见水果成熟，蜂拥而至，这时唯有灵活机动地张开大网，搭起帐篷，方可期待部分得以保存。他说关于最后一点，他不太同意威瑟斯彭先生的理论。村里所有花园和果园都遭受林中鸟的入侵，但他估计林中鸟从树上获得的果实与林外鸟所获得的是半斤八两。还有英国最大的樱花种植园之一的大樱花园，人们在樱花盛开的时候，从四面八方赶来欣赏，这是何等奇妙的美景。在四分之一英里的距离内，这片果园与树林平行，中间仅隔一条绿油油的小径，当第一颗果实成熟时，你可以看到林子边所有大树上都缀满了鸟雀——松鸦、欧歌鸫、乌鸫、鸽子，以及山雀，等等，正伺机扑下来，将樱桃狼吞虎咽。噪声使它们无法靠近，但许多鸟儿都会躲避，即使靠得很近开枪，乌鸫也会抓起一颗樱桃带进树林。那不打紧——此处彼处几个樱桃不算也行。欧椋鸟是最厉害的强盗：如果你不吓走它们，它们就会在几个小时内把一棵树，甚至一个果园洗劫一空。但它们是最容易对付的鸟雀：它们成群结队地来了，喊叫一声、乒乓一声或枪响一声，就能把它们驱绝赶尽。他的观点就是这样形成的。水果成熟仅仅持续几个星期，你一定会遭受鸟雀的攻击，无论它们是你园子里的鸟，还是伙同来宾里应外合，除非你阻止它们。那些不阻止它们的人不是懒惰，就是愚蠢，遭受灾难也算是报应。他说，水果季节总是令人焦虑、烦心。最后，我说，用于保护水果的方法，不管其目标是否达成，都让我觉得非常不配我们所处的时代。而且这似乎表明，涉及与其职业相关的其他事情，英国果农虽然走在世界前列，但就这一点而言，他们完全是盲目而行。

一千年前，耕耘土地的人也用同样的方法把鸟儿从庄稼地里赶跑、吓走，方法不好也不坏：他们让稻草人穿上破衣烂衫，迎风狂抖，杀一儆百——在棍子上挂一只死鸦警告其他鸟雀赶快飞走，并大喊大叫，猛扔石头。这里似乎有一个实验和发明的缘由。面对的仅是噪声，鸟儿并不害怕，但它们很快就发现，棍子上的破旧帽子不过虚张声势，吓唬人。但某些声音、颜色和气味会对一些飞禽产生强烈作用。某些刺激鹰叫的声音对欧歌鸫和其他小鸟来说，可能很恐怖，而大块或长条状的红布条也可以尝试着一展身手。值得一试的还有人造的雀鹰和其他猛禽，让它们在显眼的地方驻守，装上发条，每隔一段时间便摇头摆尾。实际上，尝试一百件事直至获得有价值的创新，而当创新失去价值，即鸟儿及时发现上当受骗时，就要另起炉灶，革故鼎新。对于这篇有关怎么办的论文，他回答说，若有人能找到或发明任何新方法为保护果实而成功阻止鸟禽，果农们定会感激不尽。但在土地上劳作的人很难指望有这样的发明，这发明全靠那些不挖地、不流汗的人，他们甘坐冷板凳，绞尽脑汁猎奇求新。

谈话到此结束，告别时，我对他告诉我的情况非常满意，对他的和蔼可亲及良好的判断力的评价，比以往任何时候都要高。

结束了一场惊吓禽鸟的吵闹战役，最后一篮成熟的樱桃被运往车站上市在即，真正是舒缓地松了一口气。盛满樱桃的篮子被提出来放在路边的草地上，看上去鲜红一片、蜜汁欲滴，我不由得浮想联翩，不禁悲泣，那些清晨在湿草地上飘飞的乌鸫和欧歌鸫，有的已遭遇暗中射击，也曾洒下同样鲜红美丽的生命露滴。

/ 7 /

过了六月中旬,我开始被这片普通的土地吸引。它的范围如此之广,以至于站在它的边缘,即最后一片杂乱的农舍和果园之外,远远看去只能见到一排蓝色的树影,而且模糊不清。随着对鸟类的了解越来越深,我每天都会在清单上增加丰富多彩的鸟类生活。人们越来越少去水边和树林,在村子里开始发出惊吓鸟儿的声音后,它的狂野和安宁变得越来越让人感恩戴德。打破大自然寂静的只有鸟儿的啼鸣,最常听到的是黄鹀的叫声,它一动不动地栖息在金雀花丛顶,黄色的脑袋从远处看去相当显眼,每隔一段时间就会哼出单调又单薄的歌声,恰像一只机械地歌唱的彩绘玩具鸟。黍鹀在那里也很常见,白天像猫头鹰一样打坐念经,不时哼出短暂的歌声——一种打碎玻璃的声音。这种叫声很少听到,但我经常与色彩艳丽的黑喉石䳭同行,它在几个灌木丛之间飞来飞去,跟在我后面叫个不停,满腹牢骚似的叽叽喳喳,声调低沉,好像为其巢穴的安全而焦躁不宁。在那里筑巢的还有黑顶林莺、灰白喉林莺及夜莺,每当有人靠近,它们就会发出越来越大且越来越强烈的抗议声。

公地有几只黑斑蝗莺,我觉得很奇怪,它们都在一个地方集群,这样人们在附近漫步几英里也听不到它们那独特的声音,但

跳跃的黑斑蝗莺

一旦走近它们的居所，就逐渐感觉到神秘兮兮的嗡嗡声或呼呼声，起初发音很低，后来越来越大声，越来越尖声，直到那隐蔽的歌唱者被抛在后面，渐渐地越来越低声，最终在离发声最响亮处约一百码远的地方，已无声可闻。鸟儿们躲在一簇簇的荆棘丛中，它们挨得很近，以至于仅约两百码宽阔的区域覆盖有嗡嗡声。这种最奇异的声音（对于鸣禽来说）当然不是耍口技，倘若一个人带着被城市噪声扰乱的听觉或未经训练的听觉来耳闻，那就不会知道它来自何方，甚至对它来自哪一边也弄不清。哼着拖长音的时候，这只鸟对自己的表演全神贯注，因此不容易受惊，有时还会在离它四五码以内的听众的陪伴下继续啼鸣。站在鸟的旁边静止不动地倾听，显然会影响听觉神经。考虑到声音很小，但并非让人不开心，这有点类似火车的紧急刹车声，其力量尚不足以刺激神经，却似乎弥漫于全身。静静地躺卧，闭着眼睛，倾听这些鸟儿中有三四只在附近啼鸣，感觉它们的音调有些重叠，没有留下间隔的寂静，听者可以想象声音出于自己的内心，其神经网络中无数的细线也会相应地震颤。大自然中有许多声音，或多或少类似于禽类中最不像鸟的发音——譬如蝉、响尾蛇和一些蛙类，等等。有些螽斯可能相似度最高，但这种昆虫发出的最持久的音长比不上鸣禽，而振动频率则快得多，当然不能作为颤音来听，也就不可能有同样的效果产生。

　　黑斑蝗莺给了我如此多的欢欣，以至于我经常伫立于它们的聚集地，那里约有六对为一群，我发现它们每年都会就地繁殖。起初，我常去任何一个见到鸟的灌木林，在离鸟仅几米远的地方坐着等，等那隐匿的小家伙不再羞怯，它就会抛头露面，蹒跚前行。后来我总是直奔那一片灌木林，感觉到那只鸟似乎没有别的鸟那么害羞,因为那林子已被它当作了歌舞厅。

有一天,我倾听这首最爱听的歌曲很久,愉快地看着它端坐于距我不足五码远、齐平我视线的矮树枝头,它的身体纹丝不动,但脑袋和张开的大嘴则机械似的、规律性地左摇右晃。我侧面看了看那只鸟,它则每隔三秒钟就会向我偏过头,张开带着鲜黄色的尖嘴。持续大约三分钟的东摇西抖,接着或伸直或放松,在灌木丛上跳着走,然后僵硬起来,重新开始它的歌舞节奏。在这样注视和聆听的时光,我偶然经历了一种罕见的现象,这现象总是给鸟类的观察者留下难以置信的奇怪印象。这是一个物种最完美的模仿的榜样,其实它有自己独特的歌唱,除了偶尔和偶然的机会之外,均不是模仿。湿地苇莺是完美的学舌鸟,专业水准的模仿者,欧椋鸟与其相比,只是与业余爱好者相仿。我们都知道椋鸟的表现千变万化,它尝试过一百件事情,偶尔也会功成名扬,有时还会对我们产生轻微的影响。

我当时住在威尔特郡丘陵地区的一个村庄,坐在一楼的房间里工作,不时听到一只家禽的咯咯声,传自对面的小房。我听见了,却没有留意那熟悉的声响。但三天之后我突然想到,没有一只家禽能每隔十一二分钟产一个蛋,而且夜以继日地以这样的速度持续下去不动摇。我站起身来,出去寻找那只咯咯叫的禽鸟。有几只母鸡在小屋周围的空地上安静地走动,我什么也没听到。不一会儿我回到房间,咯咯的声音又开始鼓噪,但当我走出房间时,那声音又停了,一片静悄悄。那些禽鸟像以前一样,处变不惊,不骄不躁。解开谜团的唯一办法,就是在门外站上十分钟。此前飞下一只欧椋鸟,嘴上叼着一只蚱蜢,栖息在小屋花园的矮墙上，然后费力地从细缝里挤进一个小洞窟，洞口有覆盖墙砖的锌条。欧椋鸟居然在这么个古怪处所筑巢，就筑在一堵三英尺高的墙上，离整天敞开着的小屋门两码远不到。送完蛴螬，欧椋鸟又出来，跳上锌条，张开嘴，像母鸡一样咯咯地叫，然后一拍翅膀飞走了，要去寻找更多的蛴螬。此后，我仔细观察了这只欧椋鸟，发现它总是在离开鸟巢时模仿家禽咯咯地叫，除此之外别无音调。仿佛它不仅仅是在模仿一种声音，而是看到家禽离开窝巢，然后咯咯地叫，于是模仿整个过程，并在雏禽孵化出来后，将这习惯养成得良好。

回到我在公地的所经之道。离我所处的地方大约五十码远，有一片荆豆和荆棘组成的茂密的灌木丛，中间一个巨大的土包，长满山楂和树莓，常春藤和铁线莲攀缘附上，相互缠绕。从这里每隔半分钟左右就传出一声鸭叫，是公鸭残喘拖长的嘶哑音调，重复了两三次，显然在发出痛苦的哀嚎。我猜想它来自一小群鸭子，这鸭群属于靠近那边公地旁的一间小屋。正如我所见到的，它们习惯了离家一小段路，我猜想其中一只公鸭已经进入那片荆棘丛里，却怎么也走不出。我听了半个小时，没有很在意这啼哭，而是目不转睛地凝视着我身边那个古雅的小歌唱家，对它持续不断的旋律和新颖奇特的手势全神贯注。后来，迷失于如迷宫般的荆棘丛中的公鸭，连续不住地哭喊得那样痛苦，让我也不由得感同身受，直到它最终停止了啼哭，我才感到如释重负。

沉默了短暂的一段时间，从同一个地方传来另一个声音——那是乌鸫的声音，大家都曾听见，但以我现在听到的发声方式，却很有趣又新鲜。那是一种熟悉的爽朗笑声，不是惊恐的昙花一现，而是鸟儿没有受到打扰时，偶尔笑得很甜，或是出于某种真实的原因，在笑过一次之后，继续重复地笑，且无缘无故。我因此产生了这样的信念：它刚刚发现这种声音赏心悦耳，富有乐感，重复一遍，好像唱歌，于是循环往复，就是为了娱乐消遣。在这种时候，它并非急促地发出一长串音符，而是下意识地以一系列有节奏的啁啾乐声作开端，就像一只鹩鹩的啁啾、呢喃，这是它歌唱的序言，节奏越来越快，声音越来越大，在嘹亮的咯咯声演出中流动抖颤。这阵咯咯声就像迷路的公鸭的叫声，以同样故意或悠闲的方式，一次又一次地重复着上演。

我听得好奇心起，忍不住去现场多看那只鸟几眼，见它把警报声变成了一首歌，似乎已深深地迷恋自己的歌声。但现场没有乌鸦，也没有迷路的公鸭，也没有别的鸟禽，只有一只歌鸫端坐在灌木堆上，静若幽室之花。它就是我一直在听的那只鸟儿，发出的不是歌鸫的旋律，也许它完全没有觉察，那是它从两个物种那里借来的声音，它们相互间的性格和语言区别颇大。这种情况令人吃惊，这只鸟从来没有发出过它自己原创的丰富多彩的歌声。我只能假设它根本就没有学过歌鸫的乐音，也许它在孩提时期就被抱进笼子里幽禁，在那里模仿了它听到的最喜欢的声音，便当作自己的歌曲鸣啭，最终被人解放或挣脱逃生。我们知道，野歌鸫确实会在自己的曲调中引入某些模仿声，但借来的音符，甚至词组，通常很少，且不一定总能与自己的明确区分。有时人们可以把它们挑拣出来，分个子丑寅卯。因此，在红杉繁殖的湿地边上，我听到了那只鸟的叫声，那叫声显然是歌鸫的啼鸣。再一次，在环颈鸫常见的地方，歌鸫会准确地学得鸫简短的歌声。歌鸫被从巢穴里取出，拿到城里饲养后，再也没有听到歌鸫或任何其他鸟的叫声，它们发出的声音常常特别洪亮，非常庞杂，有时会让人耳朵受罪，格外难听。

  我在伦敦听到过许多这种被关在笼子里的歌鸫的发声，但我遇到的最显著的例子，是在西福德这个海滨小镇。在这里，主要的商业街上，一只歌鸫居住在肉店好几年，被囚禁在笼中，一直将它的歌声倾泻不停。这是我耳闻目睹过的歌鸫最痛苦的表演，由一系列尖锐刺耳的大嗓门组成，模仿尖叫和喊叫、男孩吹出的口哨声、锯锉嘶嘶、钢上磨刀霍霍，以及其他无法分门别类的无数噪声，但都不同程度地令人痛苦揪心。整条街都是嘈杂声，店主曾经常夸口说，被他关在笼子里的歌鸫，是有史以来最执着的歌手，且有最大嗓门。他为此感到骄傲，从未因此受惊！最近一次去西福德时，我在镇上东游西逛，没有听到这只鸟的鸣叫，两三天后就进了商店打听。他们告诉我它死了，已经一年多光景，而且很多来西福德的游客都错过了它的歌声，于是到商店来询问这只鸟的情形。他们说，它的结局最奇怪之处在于它死亡突然。一天早晨，那只鸟唱得非常起劲，因已经在那儿待了一段时间，它的歌唱声响彻整个地方。它唱着唱着，突然，"嘭"的一声，从栖木上掉了下来，当场丧生。唱歌时猝死倒地，于笼中鸟并非罕见的事情，而且这种情况在生活于大自然的鸟类中也有可能发生。在百灵鸟歌唱的时候，听着夜莺不停地倾注其雄壮有力的歌声，人们有时会想，能有什么东西不会让歌手于表演之际结束生命。这样的一些事件，可能是关于吟游诗人和夜莺的古老传说的起源，斯特拉达就是据此作诗并以多种语言传播扬名。在英国，克劳肖的作品是迄今为止最好的，他也许是我们文学界最擅长写鸟的诗人。乌鸫跟歌鸫一样，有时会借用一个音符或词组，而且还像歌鸫一样，若靠人手饲养长成，可能也会模仿一些不愉快的声音，并用它来唱歌，从而成为一个令人讨厌的鬼精灵。

不久前在斯德茅悉，我听说过这样的事例。我居所的一楼住着一位先生，他喜欢听鸟的啼鸣。他是个羸弱的病人，成天关在房间里，几乎卧床不起，于是把一些鸟关在笼子里。除了金丝雀，他还有欧歌鸫、苍头燕雀、赤胸朱顶雀、红额金翅雀和黄眉䴗鹀。我评价说他没有最好的歌手——乌鸫。他说他弄到了一只，或是某个朋友送给了他一只，是一只非常出色的公鸫，羽毛十分乌黑，嘴巴最橙褐。他期待着听到它长笛般的旋律，这会给他带来极大的快乐。但是，唉！这只不自然的乌鸫没有唱过乌鸫的歌。它已经学会了像狗一样吠，每当被歌唱的精灵带领，它都会吠一次、两次、三次，然后经过适当长度的沉默休歇，大约十五秒钟，它又会吠，喋喋不休，直到唱够了当时的音乐。那叫声刺激了病人的神经，他把鸟赶离了屋舍。"如果不这样做，"他说，"就会精神分裂。"

由于所有或大多数唱歌的鸟都是跟随同一物种的成年鸟学歌唱，所以在它们的表演中，理所当然地有很多因素被我们称之为模仿。事实上，我们可以说，所有真正的歌唱者都是模仿者，但有些鸟比其他鸟模仿得更多更强。因此，欧椋鸟比欧歌鸫更愿意借用其他鸟类的音符，而湿地苇莺则借得太多，以至于它主要靠借用来歌唱。夜莺或许是个例外，它的声音纯净，充满力量，我们可以称它的艺术完美无缺，这也许可以解释为什么它没有借用其他鸟类的歌唱。我应该说，根据我自己的观察，所有歌唱家都对其他种类的歌曲心驰神往，或者无论如何，会对某些音符颇感兴趣，特别是在力量、美感和新颖方面，最闪光发亮。因此，当大杜鹃开始鸣唱时，你会看到其他小鸟直接飞来树上，显然是为了倾听而栖身于它的近旁。在那些听众中，你会发现麻雀和山雀多种多样，它们从来没有被大杜鹃伤害过，也就没把它当作鹰似的榜样，因为直到它鸣叫召唤，它们才注意到是谁在鸣唱。大杜鹃那笛曲般的鸣啭之所以没有被其他鸟类模仿，是因为它们不会模仿——大杜鹃奇特的声音超越了它们的音域音量。这种冒泡似的叫声是由湿地苇莺和欧椋鸟复制效仿。同样，根据我的经验，当夜莺开始歌唱时，附近的小鸟会立刻专心致志得如坐课堂。它们常常会暂停自己的歌唱，有些鸟儿会飞到它附近洗耳恭听，就像它们在听大杜鹃唱歌一样。

　　鸟儿模仿最能打动它们也最容易模仿的音符或乐句，就像欧歌鸫模仿红脚鹬的鸣叫和颤音，以及环颈鸫的悠扬歌声，将其融入自己的音乐中，与之完美协调，和谐共鸣。但它不会吹长笛，所以从不模仿乌鸫的歌声，尽管它能，而且正如我们所看到的，确实模仿过乌鸫的咯咯叫声。还要考虑一件事情。我相信鸟和其他种类的生物一样，有它的接受期，有它的时间来学习，也像某些哺乳动物一样，它在头一两年里就学会了所有它需要知道的东西，而且在学会了正确的歌声之后，它就很少或根本没有什么进取心，尽管当鸟儿逐渐成熟时，其歌声的力量和光辉会随之增益。我想，所有鸟类都是如此，比如夜莺，只有两三个月的歌唱期，一年中的其余时间都歌停声息。就声音而言，那漫长的沉默期不可能是一个可接受的时期，其生命早期的这首歌在形式上已经成为它将贯彻一生的结晶体，就像一个具有直觉力的行为。但像欧椋鸟这样的鸟，可不是这样的。它们一年四季总在唱歌，天生巧舌如簧、能歌善唱，但不像其他鸟那样尖声怪叫、叽叽喳喳。它们总是借用新的声音，却又总是忘记。

我所遇见过的最奇怪的模仿例子，是一种真正的嘲鸫，大西洋一侧的巴塔哥尼亚北部常见的留鸟。它是一只真正的嘲鸫，因为它属于鸫科小嘲鸫属①，而不是因为它像它的同类那样戏仿或模仿其他物种的呼哧呼哧。事实上，它并不效仿其他物种的固定歌曲，尽管它经常在自己的表演中引入从其他物种那里借来的音符和语词。它一年四季嗉啼鸣叫，都用一种粗略的方式，但到了春天，它的歌声更连贯、更完整——迸发出更多的激情，如演员；爆发出更大的力量，如武士。在剩下的时间里，它似乎是为了自娱自乐而唱歌，乐不可支，用的是一种特别悠闲，甚至可以说是懒惰的方式。它懒洋洋地坐在灌木丛上，时不时地发出一两个音符，接着吐出一个语词，如果它兴奋放肆，还会重复两三次，甚或五六次。然后，它停顿一时，又发出其他的音符和语词，语有伦次，一整天都是如此。

这种歌唱方式，对于一个想要连续不断的歌声的听众来说，就像听歌鸫的断奏曲一样，令人十分恼火。但是当一个人发现这只鸟在思考它自己的音乐——如果一个人能用这样一种表达方式来描述一只鸟，那就会变得好玩。它一直在试验，试图获得一个新的语词、新的音色，一个已知音符和陌生音符的新的组合。而且，当它坐在灌木丛上，漫不经心地偶尔发出这些声音时，它同时也在专心地倾听其他鸟雀的啼鸣，所有的都在以同样的方式啼

---

① 小嘲鸫属现分离至嘲鸫科。——译注

鸣和倾听。你会在这周围看到它们,每一只都一动不动地端坐于各自的灌木丛顶,宛如灰白色的雀形鸟影。因为尽管它们通常不很合群,但也有很多出双入对形影不离,形成了一种松散的群体,貌似团结但结而不紧。

把它们联系在一起的纽带是它们的音乐,因为它们不仅坐在能听到的范围之内,而且永远在互相模仿。或许有人认为它们对模仿特别擅长,但比起其他物种,它们更喜欢自己同类之间相互模仿。可以说,它们模仿的音符只是自己的所好、所要、所想。因此,有人偶尔挑出一个语词,一个新的表达花样,这似乎使它兴奋异常。过了一会儿,它会重复一遍,又再重复一遍,不厌其烦地循环往复。如果你能坚持听上一个小时,它就可能还会重复又重复,且间隔时间不长。现在,如果碰巧新的词语中有什么东西也能取悦听众,你就能发现它们会立即暂停自己的演唱,它们会在一段时间内什么也不顾地专心只听人家唱。渐渐地,另一灌木丛上的一只鸟嘴,会复制出新的音符或词语,且几无走样,它也开始以很短的间隔重复它的唱腔。第二只鸟会复制,第三只也会复制,最后灌木丛里所有鸟都会复制这种唱腔。新音符的不断重复可能会持续几个小时,甚或更长。翌日你可能会回到现场,坐上一个小时或更久去听,仍然听到同一个音符不断重复,直到听得你厌倦心慌,甚或让你神经紧张。

记得有一次,我避开了一片灌木丛林,那是我每天最喜欢去的地方之一,因为整整三天都没有听到那永恒的声音。然后我回来了,令我颇感欣慰的,是鸟儿们都在玩它们以前的作曲游戏,叫唤个不停,没有一个老调重弹,也许不敢旧曲重鸣。有一天，村子里发生了一件事情，我由此清晰地想起了巴塔哥尼亚人的这段古老历程，想起了音乐或歌曲中引人入胜的"悦耳"或"易记"的新东西的奇怪的人性弱点或热情。当我离开伦敦时，碰巧有一首新的流行歌曲风靡一时。这首歌的词曲是由一位名叫洛蒂·柯林斯的女士在音乐厅里首创或发明，合唱了好几遍仍欲罢不能。它首先唱响于音乐厅，接着传到大街小巷，甚至偏僻路径，然后以不断扩大的圈子，传遍了整个伦敦，乃至全国的城市、乡村。在伦敦，人们已经听腻了，感到烦心，但当我来到我的村子"洞里"，在獾群中安顿后，我在村舍中、街道上、田野里，四面八方都能耳有所闻。男人、女人和孩子们在唱歌、哼曲、吹口哨、吹笛弹琴，到了晚上，他们在旅馆里大吼、高叫，欢欣鼓舞，仿佛拿出了合唱军歌的激情。这种情况从五月一直持续到六月中旬。

后来的一天，天气酷热而村里寂静，大约下午三点钟，我正靠坐在小屋的窗棂旁，突然听到一辆马车隆隆作响，车上有个人正歌唱得起劲。随着声音越来越大，我对移近的人和马车越来越有兴趣，甚至变得异常兴奋：我从来没有听到过这样的声音！无怪乎，那人正以最鲁莽的方式运行，他驾驶着一辆没有弹性的沉重的农用车，催促着他的两匹大马快跑，接着狂奔，沿着那些崎岖的沟壑般的道路上上下下颠簸不停。他站在车里，高声吼叫出《友谊地久天长》的歌声，洪亮有力，几乎是歇斯底里地发音。他可能喝得有点醉醺醺，但有不错的嗓门，那熟悉的老调旧词在这寂静的环境里产生的非凡效果令人震惊。他经过我的小屋，一个两腿匀称，帽子戴在后脑勺上，胸脯宽大厚实的年轻人，继续策马驾车奔腾。大约过了两分钟或稍长的时间，马车雷鸣般的轰隆声和那人咆哮似的歌声越来越弱，直到在远处消失殆尽。在那一天的寂静时刻，孩子们都去了村子另一边上学，男人们离家去了田野，女人们关在屋里，也许睡觉未醒。在我看来，我是村里唯一耳闻目睹那个大嗓门及其马车经过的人。事实并非如此。翌日，全村男女老少都在唱在哼，有的则用口哨在吹着《友谊地久天长》的歌曲声。《友谊地久天长》持续了好几天，从那天起就再也听不到"Ta ra ra boom de ay"的声音。它失去了它的魅力和灵魂。

/ 8 /

就在听不到黑斑蝗莺鸣叫的地方，公地上有一个很大的池塘，可能是一个旧的砾石坑，池底灯芯草蔓生疯长。一只蒲苇莺，公地上唯一的住户，栖息于树莓和金雀花丛生的河岸上。各种各样的鸟儿来这里喝水和洗澡，所以我最喜欢的去处就是这池塘。

一天黄昏，夕阳西坠，晚霞红晕，我徘徊于池塘附近，一只白鹡鸰从我脚下的矮灌木丛里蹿了出来，在草坪上飞了十一二码，好像受了伤似的，然后又向远方飞行。没过几分钟，一只芦鹀——一种我以前没在公地观察过的鸟，飞了下来，降落在离我几码远的灌木丛顶，嘴里叼着一只白色的蛴螬，身体弯曲似月牙。我一动不动地站立着观察它，当然不指望会看到它的窝巢和孩子们，因为通常情况下，嘴里叼着食物的鸟会静静地坐等，直等到观鸟者失去耐心，拂袖而去。但这次我站了不到十秒钟，芦鹀就飞去了一荆棘小丛林，受到了其雏鹀的尖叫声欢迎。我轻轻地走去那里，这时我看到的那只老鸟跃出来蹦跳，却掉落地上，举止就像那鹡鸰，随即用翅膀拍打着草皮，接着躺在地上喘气不匀，然后再往前一点点飞进，终于飞了起来，飞去了灌木丛林。在欣赏了芦鹀的表演之后，我转向脚边的矮树丛，看见一只孤独的小鸟栖息在位于灌丛中心的小树枝。它虽已羽翼丰满，但还不能持续飞行。它见我并无恶意，相反，当我朝它伸出手时，它张开了黄色的喙期待着被喂食。尽管它的喉咙里塞满了毛毛虫——我在其父母的喙上见过的白色月牙形的蛴螬还贴着它的喙，尚未被吞进嘴里。奇怪的是，当一只小鸟在睡觉前被填饱了肚子时，它仍然能张喙乞求更多食物。

这只"失去飞行能力"的鸟，其坚毅的表现被模仿得惟妙惟肖，这事儿多么美好。这舐犊情深的父母本能，居然可在如此多的物种身上找到，这世间又是多么奇妙！但我们发现，它并非普遍存在，在两个亲缘关系很近的物种中，一个会拥有它，另一个则不会。这在分布广泛的鸡形目、雀形目，以及鸽类、鸭类与涉禽中，更为司空见惯。显然，在世界各地的众多物种中，它不属于世系种群，而是独立起源的。我想，通过观察各种雀形目鸟类在危险情况下对其窝巢和雏鸟的行为举止，可以了解这种本能的开端源泉及后续发展的波涛汹涌。它们的行动和叫声表明它们非常激动。来看大多数物种，母鸟会在入侵者周围飞来飞去，发出的声音饱含苦痛。鸟禽常常表现出其焦虑、躁动，不仅表现为这些叫声和不安的举动，而且表现为翅膀和尾巴下垂——当鸟受伤、生病或酷热难耐时的举动。

这些萎靡不振的迹象是许多物种在幼崽孵化后的共同现象，这是父母最为关心幼崽的时光。我在南美洲观察到的几个物种中，这种衰萎更为彰显。没有悲伤的叫声和不安的动作，鸟儿木然而坐，垂着尾巴和翅膀，张开嘴喘着气——这只鸟看上去痛苦异常。遇到所描述的这种情况，如果鸟儿真的动弹，它会从一根较高的树枝跳到较低的树枝上，好像生了病或受了伤，似乎要沉落下降。而遇到另一些情况，即鸟儿确实落到了地上，然后无力地拍打翅膀，使劲地再度飞翔。

　　从这最后的形态到鸟类高度发达的复杂本能，仅仅是一步之遥。它使鸟儿坠落地面，痛苦地拍翅喘息，似乎无法飞起。如果认为鸟儿在地面上飞来飞去，从鸟巢附近引来敌人，它就完全掌握了所有能力，行动自主，举止随意，而且它自己也不会像在栖木上或在空中飞行那样有被捕之虞，那就大错特错，猜想差矣。我们已经看到，这种行为的根源在于鸟儿们对其雏鸟的疼爱情意，以及在任何威胁它们的危险面前，本能地强烈关怀和着急。这在这类生物中是如此普遍，在不同的种类中表现出多样性。这在任何情况下都是一种使人衰弱的痛苦情绪。当鸟儿坠地时，它的痛苦使它跌倒不起，就像它受到了创伤或突然遭受重病的侵袭。当它在地上拍翅展翼时，它一时也不能飞起。它为恢复飞行和安全拼命努力，于是又力图拍打翅膀，颤抖战栗，张开嘴大喘气。这样做的目的是欺骗敌人，或者更准确地说，结果就是敌人被骗，被耍了猴把戏。看到一只鸟儿飞东奔西，任何贪婪的哺乳动物都最易被激怒发脾气，也最易被诱惑带离。但就这样吸引威胁其卵或幼崽安全的敌人的注意，鸟父母们奋不顾身地暴露自己，无论面临着多么可怕的危机。在这危如累卵、千钧一发之际，哪怕它自己随时都会牺牲，也在所不惜！

　　在无数的例子中，猫科动物敌人的突然窜出和猛冲一定会致命。这种临危不惧的本能，从诞生到最完美的形成，蕴藏于形形色色的物种中，已经受到鲜血的洗礼，闪耀出猩红的光明。我刚才说过，我们所思考的那种欺骗行为和特别本能，是经历浴血奋战方产生并保持光明，也适用于所有倾向于保护生命的本能行为，包括单个体和物种群。必然是这样，因为一方面，本能只能产生并发展到完美无缺，以满足一个物种生活中常见的情况。本能不具有预见性，也不会预料到罕见的或非常的情况。除非有智力或某种更高的能力来补充或代替本能的行为，否则生物必然由于本能的限制而灭亡。同样，本能越高级越完整，它就越危险越遭殃，因为它的效率取决于所有能力和整个有机体绝对完美的平衡和健康。因此，鸟类为保护物种而本能地具有更高能力和行动，即迁徙，无疑最危险、最遭殃。

它是如此完美，常将这种能力派上用场，数以百万计、种类繁多的鸟雀，从鹤、天鹅、雁，到微小的戴菊、火凤和娇小的叽喳柳莺，栖息和分布在地球上所有温带和寒冷地区，乃至更靠近北极的地方：在这些地区，它们养育后代，每年都要在那里度过几个月的时光，但它们若留在那里过冬，则难免由于饥寒交迫而死亡。这些移民，特别是年轻一代，它们迄今为止从未离开过狭小而温馨的家乡，已经熟悉了那里的每一棵树、每一片林、每一处泉水及每一堵石墙。考虑到这些因素，我们才能充分体会到这种本能确实完美，并非夸张。像被风吹拂似的，它们突然奔向海外的未知陆地和陌生国邦，相距一千多，乃至六七千英里的山高水长。在那遥远的地方度过了几个月的漫长时光，它们逐渐熟悉了那个新地方，然后回到出生地故乡。不是直接奔往，而是经常路走迂回，偏离方向，忽而往北，忽而往东北，忽又东向，或再西向，总是要择危险最小的路线，在最狭窄的水域横渡深海大洋。因此，大量归来的鸟群从非洲北部、南部或中部，以及亚洲，经由法国和西班牙，横渡英吉利海峡，进入英格兰，然后立即分散在整个国家，从陆地的尽头到瑟索和苏格兰最北部的岛屿，直到每一片树林、小山、沼泽、灌木丛、小溪和每一个村庄、田野、农舍、篱笆，都有自己的羽毛。土著族回到了原地安家落户，但它们并没有重修旧部，重整旗鼓。它们离开我们的时候，增加了原来两三倍的数量，由于那次伟大的冒险，浩荡鸟军的一半，甚或三分之二已经亡故。

在性格上最接近父母本能的，是模仿一只受伤受惊的鸟，为保护其幼崽挣扎着逃跑。这种本能在所有地面繁殖物种中都非常强烈，危险当前，它会稳如泰山，坐镇鸟巢。在这里，本能对物种来说也极为重要。鸟雀离开窝巢四处潜行，寻找巢穴的敌人以宣示自己的存在仍能保窝护巢，其在英国的敌人有狐狸、白鼬、鼠，以及狗、猫。在我第一次观察动物的国家，则有鼬科的动物，如臭鼬、负鼠，以及犰狳、蛇和野猫。如果太早离巢一分钟，甚至半分钟，鸟雀就会牺牲卵或雏鸟；如果留窝太久，又有可能亡鸟毁巢。这种鸟一般会在窝巢停留多久，可以在长脚秧鸡身上看到。由于割草机的破坏，长脚秧鸡在这个国家不断减少。逃走的母鸟可能会在一个更安全的地方再度繁衍生息，养幼育小，但在许多情况下，这只鸟太长时间留守窝巢，会遭致命伤害，或被割草机砍头剁脑。云雀就常常死于这种残暴。

再来看生病或受伤鸟雀的模仿动作：这也许是最完美的举止，为鸡形目鸟类津津乐道。所有地面繁殖者，其窝巢常被所有食卵的飞禽走兽等勤勉地寻找，其幼雏又是所有贪婪动物的美食所好。在家禽、雉、山鹑、鹌鹑和松鸡身上，它们的本能异常强大，足以引以为傲。它们以如此强烈的呐喊呼叫、如此猛烈的翅膀拍打及奋力挣扎，于地上狂奔逃跑，以至于任何贪婪的走兽飞鸟，无论以前曾被欺骗过多少次，都不可能即刻把它们捕获抓牢。在我看来，这些鸟的本能和行动似乎更为发达桀骜，因为：首先，它们的表现比其他种类的鸟更加强烈，因此也更加有效；其次，因为危险一过，它们会更快地恢复正常，既安宁文静，又警惕性很高。

为做实验，我曾多次观察山鹑、环颈雉和黑琴鸡，发现它们和一群刚孵出的小鸡在一起，我就放弃追逐，转身离开，那鸟迅即恢复原状，似乎是个奇迹。这就像是一个奇迹，因为这种生物确实遭受了这些暴力，其情绪在混乱的叫声和行动中表现为萎靡不振，格外消极，能够迅速复原，这大自然中物种的适应能力确实神奇。例如，我们倘若遭遇了这样极端的激情，一定会心有余悸，其产生的后果也就不可能逃避。我们受到的影响会涉及整个机体，于是还得就诊求医，医生会明智地讨论机体的新陈代谢和肌肉中毒素的发展轨迹，并给我们一瓶药剂。

结束这篇关于鸟之本能的论文，还举个似乎题外的事例，即我曾经目睹的一只环颈雉，其从极度的痛苦和恐惧中瞬间复原的行为，是我所见过这方面最显著的案例。另外其后来的结局也是个奇迹。

母雉是一只孤独的鸟，它在伊奇恩附近的矮树林中迷了路，茕茕孑立，然后去山谷另一边一英里外找到了一处筑巢之地，周边有较高的野草和低矮的莎草。我是这只母雉唯一的人类邻居，因为我就住在靠近鸟巢的渔村里。最后，它生育了八只小鸡。它们一起留在山谷边缘的原地，就像矮莎草和高牧草丛中的围栏一样寸步不离。我从来没有走近过那只母雉，但从小屋里不时地看到它，有时还用双筒望远镜仔细观察。我想，此时此地很适合它养大幼娃，除非潮湿有害于它，因为小屋里没有猫或狗，那里也没有食腐肉的雀鹰和乌鸦。

一天凌晨大约五点，我出门发现一条猎狐犬，即来自邻村的偷猎小狗娃，它在小屋旁约一百码处兴奋地奔东奔西。它闻到了母雉的气味，不一会儿，母雉就从高高的草地上扑通一声站起迎迓，然后扑倒在地，拍打翅膀，在草地上拼死挣扎，发出最痛苦的尖叫声。那条狗仍对它紧追不舍，疯狂地要抓它的尾巴。我担心那条狗会抓住它，赶紧操起一根棍子飞过去救它，对狗大喊大叫，但狗太过激动亢奋，根本就不听我的话。最终，多亏了那只母雉迂回躲逃的狡猾行动，我趁机靠近，对准狗背重击了一下。它略一畏缩，又像刚才一样狂怒地往前跑着，龇牙咧嘴，接着又挨了我一记重打。那个捣蛋鬼这才哭叫起来，转身逃回邻村自己的家。我累得浑身发热，喘着粗气，原地站着好似哑巴。而那母雉也很快站了起来，站在离我仅约三码之近，好像什么也没发生，似乎连一点涟漪也没搅乱它生活的平静！它刚从那场暴力和危险的风暴中恢复过来的安宁，以及它对我的存在漠不关心，这种目中无人使我吃惊。我站了一两分钟，凝视着它，然后转身走向小屋。我刚一迈步，它就紧跟，就像狗一样随我而行。我回家路过那原处，在那里，母雉曾因被猎狐犬攻击而受惊。它当即停下，叫了一声，八只毛茸茸的小鸡立刻闻讯赶来，可谓雷厉风行，且来自高草丛中的八个不同地点，冷不防地活蹦乱跳地冒出

野鸡大战猎狐犬

来跟着它，如影随形。它站在那里，轻轻地笑着把它们召集在一起，团结甚紧，且没有理我，尽管我站在距它咫尺之近！直到那狗被狠打一下逃离它身边之前，它一直受制于一种强大的本能，别无他法可行，但又是什么引导着它在随后的行动中如此准确无误、完美无损？当然不是本能，也不是理性，这些都在不同的方式之间左右摇摆，犹豫不决，迟迟不能做出决定。我们只能说它——或者说像是直觉，即是说我们也弄不清。

/ 9 /

在这公地，燕雀科鸟类比较稀少，其中有黄道眉鹀[①]、红腹灰雀和红额金翅雀，后两种很少见到。但赤胸朱顶雀数量众多，都小团体群聚，主要成员是羽毛朴素的幼鸟，随处还可见到一只胸脯呈胭脂红的雄性成鸟。不幸的是它们之中有许多命运令人懊恼。

六月二十四日，我走在去向池塘的小道，看见两个人影躺卧在岸边一块平坦的牧草上，其身旁有一个黑乎乎的东西———一副捕鸟网！"我的小鸟天堂里又来了两条毒蛇！"我心里说道，继续行走，绕过鸟网，坐在那两人旁边的草地上细瞧。一个是乡下小伙，棕色脸庞，皮肤粗糙；另一个拿着绳子，身披棉被，头戴普通的无沿帽。这是个约莫二十五岁的男子，淡黄色的头发修剪得很短，浅蓝色的眼睛四处瞄，白垩色的皮肤带有伦敦印记，证据确凿。他用冷淡怀疑的目光盯着我，当我谈话和提问时，他回答得简短而又有些粗暴。我请他抽烟，他就抽了起来，嘴张烟冒，但那只是烟丝而非鸦鹦，故不能使他心软意消。我提到一个小时前见过一只白鼬，他突然变得兴致特高，好像猎犬听见有人喊"老鼠"。

---

①黄眉道鹀现在归属鹀科。——译注

过了一会儿，我成功地让他告诉我收购其俘虏的那人的姓名。我告诉他，我很熟悉那个人——一个在伦敦农贸市场卖鸟的人，他的态度已明显地化雪融冰。最后，我让他透过我的望远镜看一只红背伯劳，它栖息在离网罩约十五码远的灌木丛顶。从那一刻起，他就变得尽可能友好热情，将其秘事畅所欲言，详谈细论。"这家伙把它拉得多近啊！"他看了那只鸟一眼，高兴地叫道，咧着嘴笑吟吟。伯劳使他非常气愤，他告诉我，那只鸟已经在附近徘徊了一阵，向朱顶雀发起猛击，在朱顶雀飞向网边时把它们赶走。他有两三次本可捉到它，却不愿就此收网，也不会为一只毫无价值的鸟而费力重新布网。"但我下次一定要让它落网，"他报复性地说，"我不知道这只鸟这样英俊漂亮。"不幸的是伯劳很快就已往远处飞翔。经过的朱顶雀则自天而降，被关在笼子里的同伴的叽喳声吸引来到这个地方，接着束翅就擒，束足投降。就这样，在等待的间隙，我们友好地交谈了几个钟头。现在，他把我当作捕鸟人的朋友，无话不谈。只捕到了朱顶雀，大多数是雏鸟，这使他兴奋异常，因为在笼子里生活了一两个月的小朱顶雀都会歌唱。但成年雄鸟则会沉默到翌年春光，因此它们没有那么值钱，尽管其胸脯的胭脂红渍使它们显得那么美丽、辉煌。

我顺便议论说，有些人看待他的职业，用的是不友好的眼光，这些人迟早会争取议会通过一项法案，依法严禁捕鸟于公地、荒地和街巷。"他们不能那样做！"他激动地叫嚷，"如果他们能做到，如果他们的确做到了，那将是英格兰的灭亡。为什么要阻止增加鸟雀的数量？毫无疑问，整个国家都会被吃光。"

无疑，这个人真的相信，如果不是捕鸟人整日不辞劳苦地在草地上躺卧，人类将会一贫如洗，家徒四壁。他刚结束抗议，就有三四只朱顶雀飞来触网。他从网里取出它们给我欣赏，笑着说它们都是年轻小伙，雄赳赳、气昂昂。然后，他将它们从长袜筒里推入牢房——长袜筒是他加盖关鸟的盒子的入口，也就是它们被俘成囚生活的开场。它们都在那里徒劳地拍翅击膀，妄想飞越狱墙。

　　回到前面的话题，他说他很清楚很多人不喜欢捕鸟人，但有一件事谁也不能说他很残忍：他抓获了鸟雀，但没有杀死它们。他只是抓获大量不值得送走的雌朱顶雀，才开杀戒，动手行刑，拔下它们的头来，带回家做雀肉馅饼。然后他告诉我，我写过的那个年轻人专门灭巢，与他自己慈悲的情怀形成了鲜明的对照，他听到这样的事就气得发飙。他说，应该采取什么办法来阻止这样一个男孩，因为男孩毁灭了这么多的雏鸟，等于夺走了捕鸟人嘴里的面包。谈到其他科目时，他说，到目前为止，他只在公地捕到了朱顶雀，而你不可能指望六月间能捕到其他科目类的鸟。再后来，在八九月间，种类会繁多丰富。但他对捕捉红额金翅雀不抱大的希望，因为现在红额金翅雀太少。欧金翅雀、黄鹂、黍鹀、芦鹀，这些鸟每只仅值两便士。哦，是的，他仍然捕获了这些"便士"，把它们都送去了伦敦，但这就是它们对他的全部价值。批发朱顶雀雏鸟，他得到了八便士，有时是十便士；而雌朱顶雀让他得到的是四便士，甚至更少。我敢说，八便士是他的希望所得，因为朱顶雀雏鸟普遍被伦敦的商人以六便士甚至四便士出售。红额金翅雀的身价涨到了十八便士，有时甚至高达两先令，亦即二十四便士。

他曾因捕捉欧椋鸟赚了不少钱，但那都是过去的事了。为什么？因为它们现已不受欢迎，因为人们是如此愚蠢，现今更喜欢射击鸽子，玩猎鸟。他讨厌鸽子！绅士们过去常用火柴射杀欧椋鸟，如果你要变换花样来射鸟，就再也找不到什么鸟比欧椋鸟更好——这种鸟何等活泼灵巧！他抓到的量数以万计，而且都卖得很好。但现在除了鸽子，他们什么也没有了。鸽子！总是鸽子！他仍然捉到欧椋鸟，但那又能讨什么好？商人们仅收了几只，它们的价值也不过约等于欧金翅雀和黄鹂。我与我的敌人就共同问题进行了探讨，使我在这里有了一个新的离题点，对一个问题将我的观点发表，在过去三四十年间，特别是在60年代，第一次付出了切实的努力和辛劳，力图拯救我们野鸟的生命免遭毁灭和重蹈覆辙。

大多数人都有一种感觉，追逐任何野生动物，无论是否适合食用，是为了获利还是享乐，都是一种体育运动，而体育运动不应受到干涉。这种感觉几乎普遍存在且如此强烈，就像一种迷信，以至于这种追求不受干涉，无论它多么不具有体育精神，而且是非法狩猎，并且在任何地区都只有极少数人涉猎，但其他人对此则是敢怒不敢言。这种追逐令人暗地里深恶痛绝。

即使是在公地捕鸟，也被视为一种运动，捕鸟者被视为运动爱好者情同手足的兄弟。这种温顺和愚蠢的默认在人们身上有一个显著的事例，那是在1882年至1883年，岁末年初寒冬的严厉霜冻期，当时许多人都耳闻目睹，无数的海鸟饥寒交迫，被逼去了海湾和内陆的水里。这时，成千上万的鸥鸟来到泰晤士河栖息，但它们初来乍到，就被那些拥有枪支和射击执照的人开枪射击。警察出动干预，其中一些运动爱好者被带到法庭，坐上被告席，并因在公地开枪危害公共安全而被罚款。在猎鸟事件停止后的十几天里，鸥鸟继续结伴列队赶来泰晤士河，最大量地密布于从伦敦桥到河南岸的巴特西。在这段时期，成千上万的伦敦人每天都来观赏鸥鸟，饶有兴致，面带欣喜。

这条河流经世界上伟大城市之一的中央和心脏，在一年中的任何时候和任何季节都呈现出高贵而壮丽的景象。在我看来，这条河从未像在一月份那些极度寒冷的日子里那样美丽和雄壮。在那冷飕飕、静悄悄的氛围里，没有其他什么，却有一片可以称之为薄雾的不流动的气体，但只是一种苍白得如不可触摸的冻霜，使天空显得白里间蓝，给横跨水面的拱门和两边的巨大建筑带来了一种云雾般的遥远和灰白中的苍黄，殿后的是城市大教堂金碧辉煌的宏伟穹顶。穿出静止不动的白色薄雾，或踽踽独行，或三三两两，或十几只成群结队，或几十只拉帮结派，飘浮着神秘的白鸟身影，乍一看似天空中模糊的影像，紧接着迅速成形，洁白泛亮，飘逸而过，神态安详，前赴后继，你方经过我到场。这景象之所以如此吸引人，不仅仅因为我是一个鸟类学家，爱看生灵飞翔，更因为我发现其他人——据说是几乎所有其他人——也都经历了同样的快乐欢畅。人们成群结队地来到河边观看鸟群。工人们中午下班后匆匆地赶到河堤上，一边吃饭一边看着鸥鸟飞上飞下，而且最奇怪的，是还用食物碎片喂饱它们的辘辘饥肠。这些人在观察和喂养来自大海的白鸟游客时，欢度了如此享乐的时光，并为在自家屋门前体验到了面对面观赏野生动物的新奇经历而心花怒放。这六个拿着枪和鱼钩的家伙被允许任意屠宰和驱赶那些来自江河的鸟儿，成千上万的人竟然无动于衷，默认这种张狂！

事实上，这件事就发生在远离伦敦的地方。在那里，鸟儿正寻求无数的江河海湾作为避难港，而人们则可在不危害公众的情况下开枪。鸟儿们遭遇了肆无忌惮的屠宰，在莫尔坎贝湾有一百一十二只鸥鸟被一次性地开枪击中，没有人伸手阻拦，也没有人发声制止这项可怕的运动。不是因为此事没有震惊观众，而是因为它只是一种"运动"。据说，这种大规模肆意毁灭鸟类生命的行动，无论对热爱自然的人来说是多么痛苦、揪心，无论从道德角度来看是多么应受谴责、炮轰，却得到法律的许可，因此人们无法阻恶惩凶。事实并非如此一团乱麻。我们看到，《野生鸟类保护法》不断被违犯而不受惩罚，在舆论时有非议该法的地方，执法者本身如地方法官和警察，都在鼓励人民违法。我们还发现，当公共场所被封闭而法律又没有表态说话时，人们就习惯于非法聚集在一起拆毁围墙，而不会受到任何惩罚。毕竟，法律如果不能表达或不符合公众的意愿或意见，就会显得苍白无力，形同空架子。倘若在任何地方，人们认为那样做合情合理，无碍大家，且不受我所说的那种呆滞的驯服精神的约束，他们就会合法地或非法地保护他们的海鸟不受伦敦东区运动爱好者的伤害、糟蹋，将捕鸟人赶出他们的小巷和荒地，不要再见那些人渣。

一天，我到访了迈登黑德。这个令人愉快的小镇坐落于泰晤士河旁，位于这个富饶多姿的国家中部，风光旖旎，景色漂亮，应该是鸟儿的天堂。在镇上散步时，我看到了各种各样的翠鸟的标本，在土特产动物标本商场，还看到了一些珍稀美丽的鸟雀，更有一些搭配出售的很快将会变得"稀罕"，值得"珍藏"。但在城外，我看不到翠鸟，也看不到珍稀物种，任何种类的鸟都相对较少。这可能是一个由庸俗的伦敦人组成的城镇，他们不久前从圣吉尔斯教区移民迁到。

我回到家中，口袋里揣着当地的旅游指南。它摆在我面前，据其作者介绍，这片灌木丛是一块广袤而美丽的公地，距离城镇只有两英里不到，属于梅登黑德，换句话说，它属于居住梅镇的男女老少。"这片灌木丛以前有土匪和强盗出没，其中现今仍留下者，被发现所干的活，就是给那些小巧玲珑的长羽毛歌唱家设圈套。他们把它们关进小笼子里，大批量地带走，投入监牢，又用甜言蜜语哄骗我们大都市的居民，称它们很快就会获得自由，再也不必悲叹被困于烟雾缭绕。"就这一点，我咨询了一个捕鸟人，他多年来一直在这片公地上撒网设套，悲苦地抱怨这里生活的鸟类越来越稀少。他说从前没有比灌木丛更好的地方了，可现在他几乎不能在此再赚面包。我想很大部分鸟类生活于这片灌木丛，干他这行的十几个人每年都能对这丛林周边的乡村抽血拔毛，无怪乎鸣禽的数量越来越少。会不会有人认为，梅镇的八九千居民以及周边居住的成百上千人，如果他们愿意或敢于奋起护鸟，莫非还不能保护他们的鸣禽免落入这十几人的魔爪？而其中的大多数人来自伦敦贫民窟的小巷道。

诚然，一些乡村城镇当局制定了地方法规，以保护开放空间内的雀鸟。因此，自1890年以来，在伦敦东南部的唐桥井，所有美丽的大型的公地都禁止捕鸟和掏鸟巢，但据我所知，仅仅于鸟类几乎灭绝之后，这种措施才在行政区真正行之有效。毫无疑问，这么一天将会来到：无论是否有法律规管，捕鸟人都会发现谨慎行事很有必要，以免在任何地方，他可能被诱惑去撒网捕鸟，而那里的人们已形成一种习惯，即对他及其召来的同伙有些粗暴。人们热切希望，这么一天会很快来到。尽管如此，就捕鸟者来说，对他本人怀有敌意和仇恨并不理智，且不友好，因为"人和兄弟"亦如我们，可能会随时从他嘴里夺走面包。

他当然不认为自己是一个有害的或声名狼藉的人；相反，他认为自己是社区里有用的一员，在某些情况下更有用。如果有人要被责怪或憎恨，那就是把捕鸟者送到田里的人，这些人不会是商人，而是买鸟的人，把买来的鸟困在笼子里，听其身陷囹圄、叽叽喳喳的喊叫以取乐开心。这不是一个道德问题，也不是一些人想象的多愁善感的问题，而是一种品位，一种体面，一种被模糊地描述为感觉大自然的东西，但这并非普遍的事例。因此，一个人会津津有味地吃鹧鸪、山鹑或雉鸡，却对云雀不感兴趣；而另一个人则对雉鸡和云雀兼收并吃，同样会大快朵颐。两个人都可能是善良、诚实、有道德的人，只是一个人拥有另一个人所缺乏的东西。在一个人身上，其灵魂对云雀的音乐"在天堂门口歌唱"反应灵敏；而在另一个人身上，其灵魂对此却反应迟钝。对一个人来说，烤云雀只不过是一块美味的小点心；而对另一个人来说，即使他从来没有这么饿过，也不能从盘中鸟里分离出那已在他脑海中记录了感觉的天籁之音，然后再随意复制，并伴随着情绪的复苏而随时发声。这是一个奇怪的问题，答案还很难找寻。我所描述的这两个人中的一个转过身，称他的邻居是一个粗鄙的食客，一个仅崇拜自己的肚皮却没有灵魂的野蛮人，而另一个则嗤之以鼻回以"噗噗"声，此时他继续兴致勃勃地吞食云雀，直到他自己几乎被死亡所吞。

这些人喜欢聆听云雀的鸣啭，年复一年地为雀声欢欣鼓舞，他们的灵魂也年复一年地因其所爱的歌唱家被屠杀而生病。在这件事上，我对这些人充满同情，谦卑地提出有一种更简单、更实用的方法来结束这场争论，这肯定是一场已经持续了足够长时间的纷争。不言而喻，这种鸟的音乐对大多数人来说都非常令人愉悦，甚至就像阳光那么甜美，令人快乐、开心。这银色的天籁之音从天而降，如甘霖倾盆，对我们所有人，或无论如何对大多数人来说，都是那样令人愉快，让人感奋，以至于少数人无从置喙。五千分之一，甚或一万分之一的人可能会来询问，他回答说云雀在蓝色的天空中歌唱并不能给他带来快乐。既然如此，我们是一个民主的国家，在我国多数人的意志或愿望都是或都会成为国家的法律并得以强制执行，那么，防止爱吃云雀肉的人为满足其口味牺牲那么可爱的鸟儿的生命，这当然正确合理，无可争辩。他们可以烤扇尾沙锥、丘鹬金斑鸻、黑琴鸡、松鸡，以及其他任何一种鲜活的鸟雀做成美味食品，但须对我们的审美情趣没有那么强烈的吸引力，而且牺牲的也不是那么普遍招人喜爱的鸟禽。这无疑也会及时来临。

就我自己而言，回到前一个话题涉及的事情，尽管我不太喜欢看到人们吃云雀，但我宁愿看到云雀被屠宰杀死和狼吞虎咽，也不愿看到它们被扔进笼子里囚禁。因为被囚禁，它们并没有像梅登黑德镇旅游指南作者所说的那样，用它们对自由的尖厉、刺耳的呼喊来使我的生活"变得更甜美温馨"，反倒是"我被喊出了精神病"。正如在某些人的心中，这种鸟的歌声——这声音最能代表灵魂体现大自然的愉快欢乐和生命的丰富旺盛——无法从歌唱家被煮熟的盘中餐里剥离区分，除非它们脱离盘中肉惊恐地转身，所以我无法把这只雀鸟，也不能把任何一只雀鸟，从其逍遥自在的野性生活中分离出来，那无异于灭掉了雀鸟非凡的飞行才能和特性。看到如此狂野的空中生灵被关在笼子里，我整个身心被震惊坏了，这是一种破坏自然的可恨的煞风景，我为我们普世的母亲而愤恨。

我曾试图描述这种关于被囚鸟的感觉。我重复一遍，这种感觉并不像人们通常理解的那样是多愁善感，甚至矫情，在伦内尔·罗德爵士的《云雀》颂歌中已被描绘得如此栩栩如生，以至于读者可能会感激我在这里引用了其中的一部分，尤其是它出现的那一卷——《费达》和其他诗歌——我想，并非广为人知享有盛名：

  哦，天空，天空，开阔的天空，是鸣鸟心灵的家园！
  为什么，为什么，永远为什么，非得让它们在这集市上窒息而终？
  痛苦的牢笼，层层叠叠，摩肩接踵，只有野外生灵才知道的折磨和惨痛，岂能熟视无睹目中空？
  绝望的铁丝网里伸出个头，那渺小的生命，那疯狂的渴求，求自由，自由，自由？
  哦，天空，天空，蔚蓝广袤的天空，为了鸣鸟翅膀的拍打冲撞！
  从薄雾的黎明到星光的寒意，狭窄的栅栏笔直而紧密，但它必须歌唱，否则就会断气。

它那残破刺耳的声音在城市街道上会使你们任何心儿兴奋？它只会用翅膀有节奏地拍打，它只会唱得你发癫发疯。

如果你不用心察觉那些翅膀受伤引起的无助的怜悯，它坚持不懈地努力，它要获得自由的意志和承受的压力，我就不知道怎样用语言表达上帝在这方面的意义，因为在他的世界里，唯有鸟的路径和歌声才是最可爱的东西。

哦，天空，天空，广阔自由的天空，正是鸣鸟心灵的家园！

这个人对大自然的看法是多么虚情假意，他对自然界最基本的真相又是多么无知，他把自然界看作一个实施酷刑的大厅，一个规模宏大的生理实验室，一个充满无休止的争斗和惊恐、饥饿和寒冷，以及形形色色的痛苦和悲哀的场景。他秉持的教义是"哦，天空，天空，广阔自由的天空，正是鸣鸟心灵的家园"，为避免遭受大自然的凶暴残忍，于是将一些被俘虏的鸟儿关在笼子里，并习惯于这样陈情："这些鸟，无论如何，都是安全的，都获拯救，脱离了恶劣无情的环境，住进这么舒适的避难所，也就摆脱了险恶的天气和敌人，在这里它们所有小小愿望和需要都得到了极大的满足和保证。"他每天要看一两次他的小俘虏兵，赐予它们一块酥糖，并吹吹口哨，嬉笑吟吟，挑逗它们唱出歌声，然后干自己的事情，还自我夸耀是一个爱鸟的人，一个有教养的人，具备善良亲和的天性。这一切都是一种错觉、误认，一种对真理的歪曲和颠倒，这是如此荒谬绝伦，如果不是如此可悲可叹的话，那便是荒唐可笑，是造成如此多无意识残酷的真正原因。事实是，如果鸟类能够忍受痛苦，那么它们只有在笼中生活的非自然条件下才有痛苦要历经；如果它们能够在笼中获得幸福,那么相比于它们在自由中的狂野欢欣,这种幸福或满足只不过是一种贫乏而苍白的表情,因为在大自然里,它们才会充分发挥其所有本能,它们周围的危险只会催生并闪耀出它们许多辉煌的才能。

小鸟在笼子里叽叽喳喳地叫喊歌唱,我们中的盲人和瘸子也在吹着口哨把歌唱,有时感觉到一种较低层次的满足感和快乐酣畅。东伦敦的金翅雀,眼睛被烧得通红的针眼灼伤,当它习惯了黑暗的生活且身体健康,也在监狱里歌唱,伴随着健康而来的愉悦,时不时地促使它引吭高歌。但没有人,即使是更底层的鸟迷中最迟钝的家伙,也不会有那么一刻保持这样一种状况:那失明的小俘虏的幸福,无论是哑然还是亮嗓,在程度上都可以与那只金翅雀的幸福不相颉颃。金翅雀在人间四月天里歌唱《果园的树枝上》,清晰地看到了阳光普照的广阔世界,上蓝下绿,生机盎然。当其抒情诗接近尾声时,它拥有了意志和力量,迅速移动自己,穿过天下水晶般的原野,去到其他的树木森林,奔向远方。

我认为在低等动物中,痛苦只能由两个原因造成——囚禁和疾病。因此,处于自然状态的动物并不痛苦,它们既不退缩气馁也,不受阻被困。无论这动物是否正在迁徙,或将自己埋身于窝巢或洞穴里冬眠御寒,或远走高飞,摆脱贪婪的敌人,不管是可能逃脱还是无法逃脱,或进食,或睡觉,或战斗,或求爱传情,或孵化新生,也不论这一过程会持续多少天,它在任何事情上都服从其内心最强烈的冲动,此时此刻正在做它想做的事情,即让它快乐、幸福的那样一件事情。至于疾病,在野生动物中是如此罕见,或在大多数情况下是如此迅速地被证明会致命,以至于与我们自身物种存在的所谓疾病相比较，它实际上于世无存。

就处于自然状态的动物而言，"生存的斗争"是一种隐喻性的斗争。至于自然界如此普遍的短暂而尖锐的纷争，虽然会导致痛苦，但不是病痛，因为病痛会夺命，或会使动物不如异类那么长生。恐惧是存在的，就像晴朗的天气里天空中也有云翳。当使野生动物兴奋的物体从视线中消失后，恐惧也会从其身上销声匿迹，就像云影无声息消失了。死亡总是突如其来，出其不意，但它不是我们所知道的死亡，甚至我们品尝和思考死亡之前，一生都在忧心死期，而是一种带走了意识的突然袭击——触摸某物神经被麻痹——只不过是一根针刺而已。无论动物以何种方式死去，无论是严寒、腐烂，还是暴力，它的死亡都会比较容易。只要它在与敌人战斗或挣扎着逃离劲敌，伤口就不会感觉像伤口，而且从我们自己的经验来看，它甚至几乎未被伤及。它被征服时，如果死亡不是瞬间来袭，就像一只被猫抓住的小鸟，失去能力的就擒或打击本身就是一种止痛剂，产生出对疼痛的无知觉麻痹。

这也是人类已经历体验的话题。遑论那些在战斗中倒下的人，他们经常被狮子、老虎、美洲豹及其他残暴的野兽击倒并可怕地啃肉撕皮，在被同伴救出之后，就讲述了这件奇怪的事例。即使在没有失去知觉的情况下，当他们看到并知道动物正在撕咬他们的肉体时，他们似乎也没有感觉到，而且当时对其所遭遇的命运漠不关心，并不在意。冻死的情况也差不离。一个营养充足的壮汉，于一处无路可走、无人居住的荒地遭遇暴风雪，可能会经历一段极其痛苦的时刻，甚至几个小时，然后他就会将求生的挣扎放弃。肉体上的痛苦根本不算什么，所有痛苦都来自他想到了命在旦夕。想到毁灭就不寒而栗，回味起他即将失去的所有快乐、惬意，回想起亲爱的朋友，想到那些人因为失去他的悲伤哭泣，想到他对未来所怀有的梦想——所有这一切的刺痛是如此尖锐、锋利。与之相比，他血液中那股令人毛骨悚然的寒冷不过是一点点不舒服，几乎感觉不到，也就不必在意。渐渐地，他昏昏欲睡，不再挣扎奋起，受折磨的景象从他脑海中消失，他唯一的想法就是躺下睡觉，双目微闭。他在熟睡中停止了呼吸，死得很容易，无疼无痛，因为疼痛来自心底，持续了很久才到达死期。

而这只鸟不管冰霜多硬，都会轻快地飞到它惯常的栖息地，把喙藏在羽翼下，安然入睡。它没有恐惧，只是热血越来越冷却，脉搏越来越微弱。在子夜或凌晨，它从栖木上掉下来死去。昨天，它还生活、运动、起居作息、感知外界的千变万化，在它那聪明的小脑袋里反射着天空和大地，就像照镜子一样毫无差异。同时，它会说多种语言，继承了它种族的知识和技艺，以及飞行的能力。运用这种能力，它可以像流星一样划过天空，迅捷地从此地抵达彼地，完美地控制着其所有器官。它的一切动作全都精准得如此令人惊奇，以至于它从最高的树梢或空旷的天上坠落下来，落着的花枝非常纤细，而其枝叶并未因此战栗。今天早晨，它僵硬地躺着，一动不动，悄无声息。如果你把它抱起又扔下，它就会像一块石头或泥土一样着地。在野外自然界，从生到死的过程是那么迅捷和轻易，但它从未痛苦悲戚。我的读者中那些见过许多处于自然状态的动物的人都会同意，在这些动物中，死于腐烂或衰老的极为罕见。在那种状态下，最充沛的精力，加上所有辉煌的能力，是如此重要，不可缺一，以至于在百分之九十九的情况下，任何感觉的衰退，或任何力量的减低，都会造成致命的事故。我们称之为意外死亡，是大自然的法则和规律，是为她的绝大多数孩子设计的结局。尽管如此，动物们有时会安然无恙地活到其生命的尽头，最后平静地消失。

我亲眼看到哺乳动物和鸟类的这种情况。有这样一个案例给我留下了深刻的印象，至今记忆犹新。说来话长：夏末的一个早晨，天已大亮，我在南美洲的田野里徜徉，注意到几只紫色的紫崖燕，这种美丽的大燕子于当地习见。它们正在相当高的空中专注训练，每天这样的训练都要花费大量的时间。渐渐地，一只鸟从其他鸟中脱颖而出，慢慢地盘旋下降，最后降落在离我不远的地上。我继续往前走，但那只鸟的动作给我的奇怪印象极不寻常。在走近之前，我转过身，走回那只鸟继续蹲着，纹丝不动的地方。我走到离它不到四码远时，它仍然静止、安详。我原地不动，站了约一分钟，端详它，看见它伸出一只翅膀侧身翻倒，立刻捧它在手上，发现它已经死亡。这是同类中个头很大的一只，看它的体形模样，再加上背部羽毛的紫色有些黯淡无光，似乎表明它垂垂老矣，饱经沧桑。但它并没有受伤，我解剖它时，也看不出任何疾病的迹象。我判断这是一只老鸟，完全是因生命能量已自然衰竭而死亡。但是，这只鸟的健康活力和生命乐趣竟然能够保持延续到临终的那一刻，这是多么美妙辉煌，简直是不可思议的回光返照。它不仅还强壮得能寻食觅粮，而且在日薄西山、眨眼消逝的短暂时光，能够长久地做间歇性奔跑和旋转，纯粹为的是运动锻炼，有益健康！

无疑我们都记得这样一个事实：即使在人类的生命史上，这样的事情也并非未知。我们甚至可以相信，勃勃生机之火燃烧殆尽之时，对大多数人而言，生命方才停止，以这种迅速、轻松的方式。在我的读者中，也许没有一个人能够回忆起自己圈子里发生过这样的事，比如某个人的生命也许超过分配给常人的有限日子，最后他没有挣扎、没有痛苦地去世，以至于跟他在一起的人发现，很难相信那灵魂真的已经消逝。谈及这样的事，主体总是健康结实，尽管很难相信，在我们所处的条件下，任何人都能拥有自然界里任何生灵所享有的完美健康的体质。

/ 10 /

6月24日,我和捕鸟人进行了长时间的谈话,在接下来的两天里又进行了两次交谈,且时间同样很长。之后,我发现普通事物对我的一些魅力已然消失。这和以前不太一样,甚至阳光里也有一种影子似的有意识的忧伤。那些快乐的棕色小啾啾,常常飞来飞去,穿云破雾,在广阔的蓝天上看起来渺小得像小虫,时不时陨石雨般地迅速泻落如倾盆,迷失于牧场和草坪,或栖息在灌木丛顶端的枯枝上鸣嗓,现今却一直处于迫在眉睫的危险之中。那危险不是大自然因其软弱和所有未达到其高标准而给予它的一个快速的仁慈性毁灭除净,恰是一种更糟糕的命运,即牢狱生活。那也不是大自然的法令,而是狡猾的大猿猴一种可恶的发明。我不再像往常那样在公地里漫步,而是又在村子小巷里闲逛,也就得到了褒赏。

六月二十七日上午,我出门懒洋洋地溜达着,什么也不想,因为那是一个无比灿烂的日子,阳光产生出有浮力的液体般的效果,且又是那么温暖、明亮。于这种液体之上,我似乎在漂浮游荡,而不是行走徜徉——一种天籁之水,像更沉重、更普通的那种水一样,有时能使感觉和视觉均获酬赏。这种感觉有点类似于一个沐浴者站在深及胸脯的温暖可亲的热带碧海中,海水充满了盐分，把他托起向上。但要用眼睛辨别这种感觉，你必须在一个空旷的无阴影处眺望几码远的地方，这时它就会变成清晰的闪光线，像喷泉一样，在水面颤动，蜿蜒而上。

突然，近处一只幼小的大杜鹃嗷嗷待哺的叫喊声吓了我一跳。我轻轻地走去低矮的树篱，朝上张望，看见那只鸟栖息在一根长长的十字杆上，那十字杆支撑在农舍花园里，用来晾挂衣裳。那大杜鹃距我三四码远，羽翼丰满，非常漂亮，面向我的翅膀下部呈条纹状。虽然它看我和我看它一样清楚，但毫无惧意，就这么待在那里。既然我从未给它喂过食，那它为何也对我并不戒备紧张？哦，在它那缺乏经验的鸟类心目中，庞大的陆地生物各种各样，大多头上长着角和鬃毛，沉重地行走在公路和牧场。它认为我是其中一个，而鸟在这方面什么也算不上。但一只林岩鹨，即它的养父母则疑心重重，将嘴里的食物放在远处。然后，它为其命令声所召唤，羞怯地飞到跟前，将一条小小的毛毛虫往其张开的黄色大嘴里投放，就像把一个小面包扔进动物园里河马那可怕的肚囊。但是林岩鹨很快又回来了，喂了第二口后，接二连三地飞奔而去寻食找粮，且都满载而归，凯歌高唱。而那懒惰美丽的小巨人仍坐在那十字杆上晒太阳，哇哇唧唧地哭喊着要更多的食物，填饱它的辘辘饥肠。

这是自然界的一种奇特景象，尽管经常见到，却从未完全熟悉，因此总能重新激起人们的惊叹和赞赏，就像第一次见到它们时所产生的感觉那样。我可以蛮有把握地说，我想，没有人能像我一样观察到这么多寄生小鸟（个体）由其养父母喂养，但我对这种景象的兴趣仍一如既往，现今仍似处于新鲜好奇的童年时

投喂大杜鹃

光。也许没有哪一种寄生物种能像这种英国鸟那样让人如此惊讶,关于这种情况,养父母和寄子之间的差异更多地表现在体形和颜色上。大自然的不自然在这样一种本能中,以其极端的形式亮相——美丽与怪异紧密结合,相得益彰。鹰一样的身形与大杜鹃身上的斑纹只会加剧这种差异的悬殊,当父母是林岩鹨时,这种差异,犹如天壤之别,因为林岩鹨色彩单调、生性害羞,又躲躲藏藏。像鸟这类的生物如此聪明睿智,而其为人父母的本能却又如此盲目,似瞎子摸象,这一点让人总感惊讶和异常。

我们物种中被广泛分出的类别中有一个案例,类似于大杜鹃和林岩鹨的情形,可从中探究盲目是怎么一回事情。让我们想象一下,《天方夜谭》中某个恶毒的天才抢走了斯堪的纳维亚身材最高大的一对夫妇的男婴,带着这个孩子远走高飞,飞到非洲,飞到了刚果阿鲁维米大森林的中心,把他放进了一位身材矮小的母亲的怀抱,同时带走了她自己刚生下的幼婴。那母亲有着咖啡色的皮肤、毛茸茸的脑袋、纺锤形的大腿、瓦罐形的肚腩,她温柔地照料着这个被替代的孩子,精心抚养,小心呵护,按照她自己的方式,极大地满足他的需求,抚慰他的心灵,直到他身心健康发展顺利,长大成人,从未怀疑过这个身强体壮,具有飘逸的黄发、碧蓝的眼睛及象牙腿的巨人,不是从自己子宫里出生的男婴。

/ 11 /

六月的最后几天,天朗气清,阳光普照。要返伦敦之前,我依依不舍,在这里的小巷道闲逛。在这安静、愉快的时光里,欧金翅雀对我来说也许比任何一个别的歌唱家都重要。在这毗邻小巷和果园的村子里,最常见的物种就是这种很少沉默的漂亮的鸟。这个村庄是它的大都市型窝巢,就像伦敦是我们的和家麻雀的一样。村里的小巷是它的街道,木篱和榆树是它的成排宿舍、高大豪宅和公共建筑及前哨。

我们经常发现一个物种的优势不那么讨人欢喜。就说我自己,最欣赏某些歌唱家,须在数量有限的前提下,且要与它们保持着距离。但对于那些没有野心的熟悉的家燕、欧亚鸲和鹩鹩的旋律,我从不感到厌倦烦腻。在这些日子里,我也不能有太多的欧金翅雀,因为它在英国音乐家中的地位很低。口味不同,我们大家都同意这个论调,我们每一个人,即使是最卑微的人,也可以有自己的喜好。不过,在重读了华兹华斯①的诗歌《绿莺》之后,我们还是很好奇,想知道,至少可以这么说,把一个研究鸟

---

① 威廉·华兹华斯(1770—1850),英国浪漫主义桂冠诗人,是文艺复兴运动以来最重要的英语诗人之一,其诗句"朴素生活,高尚思考(plain living and high thinking)"被作为牛津大学基布尔学院的格言。——译注

类的权威交给某个散文作家，也许会发现奥妙。这个物种的音乐如此迷恋诗人，它的歌声却是一种单调的呱呱叫，它以很短的时间间隔重复几个小时，却没有丝毫变化。这是一种凄凉的声调，在自然界中并无其他声音与之相协调，除了闷热和疲倦之外，没有什么让人知晓。在所有自然声音中，数它最为令人懊恼。对于这个作家来说，当然还有别的人为他垫底撑腰，因为欧金翅雀作为歌手的地位不比最低的更高。人们对这种极端的分歧，只能感到惊奇（和微笑）。

在我看来，所有自然声音都在某种程度上具有令人振奋的效果，我无法摆脱这种看法，且我们每个人的看法都应相差不多。某个特定的声音，或一系列的声音，比这普遍的属性更明显地令人愉悦、快活，却被说成只会令人讨厌、恼火。此时我倾向于认为，这样描述它的人会有什么错，他并非完全是大自然所赋予的那样，但无论是在他孤独的一生中，还是在他出生前的某个时期，一定发生了什么事情使他如此出错。我坦率地承认，这一切可能只是幻影。无论如何，这个话题都不用让我们远离欧金翅雀，也就是说，我的欧金翅雀不属于他人。从早到晚，村舍附近，无论我走到哪里，从一大堆深绿色枝繁叶茂的丛林里，都能听到这些讨人欢喜的鸟儿叽叽喳喳地唠叨不停。有人猜想，那些隐蔽的歌唱家经常在小型的社交聚会上见面致敬，相互间亲切地问候祝福，沉溺于枝繁叶茂中交谈调情，间或伴奏以声乐和器乐的片段，现在又是一个长长的颤音——一个颤音，一个叮当声，指尖一分钟扫过薄纱线一样纤细的金属弦声——你怎么描述它都行，可你无法描述它。然后，传来了悠长的、低沉的、此起彼伏的尖叫声，像百灵鸟的喉音一样缠绵而出，婉转动听。轻柔的嘟啾、叽里呱啦的叫喊声和评判声,以及一个柔和的颤音,重复了三四次或更多次。有时,歌手从树叶中出发飞行,翱翔蓝天展示其绿黄相间的羽毛,同时发出可爱的鸣声。又是颤音,颤音用不同的键盘呼应颤音;又是富有乐感的尖音,仿佛某个虚幻的存在,是精灵或森林中的仙女在其藏身绿色的某处以尖音鸣啭。

在伦敦,尤其是明媚的春天,五六只麻雀相遇于花园的树中,或墙壁的藤蔓植物上,或附着于常青藤。人们经常可以听到——它们会突然发出一阵混乱的、狂喜的叽叽喳喳的齐鸣,夹杂着其他声音,更清澈、更清脆、更动听。在这种时候,想到有些描写鸟类的作家总是把麻雀说成是一种不协调的生灵,只会发出刺耳的破嗓子声,让人们恼火、烦心。令人震惊的,是这些作家不是对词义语意一无所知,就是唾沫横飞地肆意辱骂。这些城里的麻雀演唱会总是如此狂野欢快,让被闹晕的疲惫大脑神清气爽。现在,我在村里听见榆树和树篱上欧金翅雀的叫声,倘若碰巧有几只麻雀突然发声讨好,但它们的花言巧语都是很粗糙的声音,我希望这样的谄媚者赶紧滚开。在我看来,与这些出色的真实歌唱家相匹配,那欧金翅雀荡漾的乐声总是和谐温馨,形成了一种轻快而柔和的伴奏,伴随着它们响亮回旋的铃声。我曾经有过我的夜莺的日子,我的大杜鹃、乌鸫及林鹨的日子,还有其他数不胜数的日子,现在我有了我的欧金翅雀的日子,但这已是最后的日子。

七月的一天早晨,我刚吃过饭,在起居室里咂着舌。在小巷另一边的树篱里,正对着我的窗户又有景色,一只棕色的小鸟哼着丰富的音符,听来好不愉悦,这还只是它歌唱的序曲。我走过去，站在开着的窗前，专心地听着，这时它又唱了起来，却只唱了一两句就告停歇。但我还是静静地听着，满怀信心地期待着后续，因为尽管现在早已过了它歌唱的季节，但灿烂的阳光会逗引它表达它的喜悦。

接着，就在一阵新的音乐响起的时候，它遭遇了旁边另一个声音的惊扰——这是一个人的声音，也在唱歌逍遥。鸟儿藏身树篱的另一边是一个农舍花园，园里一对苹果树上绑着秋千，一个十一岁左右的女孩坐在上面懒洋洋地上晃下摇。她开始唱歌后，夜莺又唱了一两首歌谣，最后它完全沉默了，它的声音已被她的声音压倒。

女孩和小鸟相距五码不到。听到她的歌声，我大为吃惊，因为已是十一点钟，村里的孩子们都去学校上课了，论及人的声音，这个时候几乎为一天中难得的持续的寂静。但很快我就想起了这样一个事情，推测这个孩子贪玩逃学上瘾，她找了个借口哄骗母亲，得以留在家里自由自在，充分享受了这个美丽的早晨。从村舍步行约两分钟，在贯穿全村的弯弯曲曲的公路边，有一组被修剪齐整的古朴榆树，树干粗大，中间空心，树后是一片开阔的空地，地上有一个绿色宜人的斜坡，过去每天，村里的一些孩子都在那边的草地上开心玩乐。我在这里经常看到这个女孩躺在阳光下，她深栗色的头发蓬松散落于草坪，双臂伸开，双眼微闭地晒着太阳，就像一些喜热的野生动物一样高兴。不，当人们记起她的性情时，她没有和其他人一起去上学，并不值得大惊小怪。但最奇怪的，是在一个自然、富饶、可爱的地方，能听到这样一种优质的声音，而且无论如何，只有人才特别需要人类更优良的品性，如果他不是一个卑鄙的人。

　　从低矮的树篱顶上开着的窗户望出去，我可以看见她缓慢而懒散地交替着上下飞行，现已与绿色隔墙齐腰高了，这时只能看到她棕色的头倚着绳，而她的手正把绳子抓得紧紧的。当她来回摇摆时，她唱起了那首简单的乐音，也许是她在主日学校里学过的某支儿童圣歌。但那是一首很长的赞美诗，很难唱完整，要不她就是把这几节重复了多遍，每一节过后都有短暂的停顿，然后又像刚才一样，似乎随着节奏忽高忽低地继续吟唱。我本可以在那里站上一个钟头，不，花上几个钟头倾听，那清清爽爽的年轻声音是那么纯洁清新，没有尘世的烦恼，也没有激情。在这声音里，就像我最近听了那么多鸟儿的旋律，带着那不属于它们的温柔和深沉，但那只是人类的魂灵。

　　我觉得这是一个奇异的碰巧，对一个像作者那样具有原始思维类型的人来说——"原始"这个词更具有这样的味道，就像我离开伦敦一样，去寻找一个地方且很快就已找到，当时一个年轻的伦敦女孩充满激情的叫喊声在我耳边萦绕，现在我则带着这个乡村女孩的旋律打道回府，这旋律同样清晰又坚定地跟着我且不走调。因为它不仅像我们所记得的大多数事情一样被人们记住了，而且还经常被生动地再现出来，连同我所听过的鸟儿们的各种音调。唱诗班里有一种声音更洪亮，也更主要，但绝不减少它最初的价值，也绝不会与它不协调。

第二章 英国的外来鸟

有些国家的土壤不如我们的肥沃，气候也比我们恶劣，但鸟类生活更加丰富多彩。尽管如此，英国并不贫穷，物种数量也不稀缺，有些种类还极其丰富。不幸的是许多更好的种类被过分追捧，先是因为它们的美丽，然后因为它们的稀有而受到迫害剿灭，直到现在，我们仍面临着它们被彻底毁灭的威胁。当这些种类变得不可获得时，那些在美丽和稀有中排名其后的将依次受到迫害。而在我们这样一个人口稠密的国家，鸟类无法躲避人类的目光扫射，这种扫射迫害最终必然导致它们灭绝。同时，鸟类的数量没有下降。

自然界的每一个地方，就像高等法院的大法官裁判的每一处物业财产，都有不止一个求偿者，有时求偿的人还很多，只要争端持续，所有人都可以从物产中有所获。因为总有两个或两个以上的物种靠同一种食物生存，拥有相似的习性，经常在同一个地方游乐，因此，人类消灭任何一个物种，总会使其他物种受益，因为其他物种对人类的吸引力较小，或者根本就没有魅力和姿色。这是不幸的，因为当聪明的种类或我们最尊敬的种类数量减少时，不那么有趣的种类就会成倍增加，我们也就失去了鸟类生活所能给予我们的许多快乐。在无人居住的地域，或在人类很少或根本不关注有羽毛的生灵的地域，我们游逛森林或鸟类主要栖息的其他地区所遇到的各种各样的鸟类生活，为我们提供了一种新的特别的乐趣。新的形态和新的声音不断地涌现，一天之内所遇到的物种，多得如同一个人在英国花了一整年孜孜不倦地搜寻之所得。

然而，这种情况可能发生在某个地区，它的物种数量并不及英国引以为荣的那么多。譬如说家麻雀这一常见物种，我们拥有很多，但论及鸟类的普遍生活，论及形形色色的雀鸟，特别是那些形态优雅、羽毛优美的鸟，我们在过去的五十年里却越来越少，现今已经到了一种非常低的状态，以至于我们不得不打出这样一个问号：我们是否还有能力做得更好？破坏比恢复或建立更容易，这是一个老生常谈的真理，但我们可以通过反思探得其中一点奥秘，即迄今为止我们一直在与大自然为敌。大自然啊，她不愿在不毛之地生产食物，当我们的鲁莽行动造成了这些地方的贫瘠，当我们蔑视甚或滥用了她的天赋厚礼，破坏或驱逐了她更高级的物种时，她就会回到她的较低级——她保留了更广义也更粗糙的物种——并使它们繁荣，把我们所创造的空缺赐给那些较低级的。她会放弃她所做的事情，或者帮助我们放弃，因为我们应该顺应她的技艺，应该让她与我们为友，而非与我们为敌。要恢复我们本土物种之间的平衡，还有很多工作要做仔细。不是通过立法，尽管所有限制大规模破坏鸟类生命的法律都被盼望确立。

关于这个问题，尊敬的奥伯龙·赫伯特说过，他的话不啻金科玉律。"就我而言，无论是否立法，我都会向这个国家的动物之友寻求帮助和救济。"他说，"如果你希望人与动物之间保持比现在更真实、更好的友谊，你必须通过无数个人的努力，通过建立数千个个人影响中心来达到这一目的。"

　　这是个很大的课题。本章主要讨论引进外来鸟类的问题。鸟儿被偶然之风吹遍了寰宇，它们才找到处所让双脚双翼得以休息。许多适合该国条件的物种散布在世界各地，这一点毋庸置疑。而通过引进其中一些物种，我们可为我们所期望的这个变化提速，加油打气。目前，为猎捕曾经居住在我们岛屿的稀有物种小分队，我们花费了相当大的精力，而这些物种仍然每年都会来到我们的海岸，坚持不懈地努力重建它们的殖民地。仅花费少一点的人力和财力，每年就可引进一些外来物种，而回报也会更大、更可喜，且不会让我们感到羞耻至极。我们慷慨地把自己的野生动物输送给了别的国家，并不时听到令人鼓舞的消息，说我们出口的动物中至少有两种的数量已大幅度增长，那说的是兔子和麻雀的迁徙。我们当然有权呼唤归去来兮。

　　死去的动物，无论它们的毛皮多么华丽，羽毛多么令人目眩，都不是一个公平的等价东西。对我们来说，死者甚多矣。伦敦已经成为这种商品在整个欧洲的集市，对我们有反射性影响的也是这非法的交易。因为低等动物的生命已经或即将成为一件东西，即任由人类招来挥去的准垃圾，以致它掉落的毛皮衣可以售卖，获取肮脏之利。这个城市有很多仓库，人们可以涉水进去，走到足踝深的那里，看到羽毛鲜艳的鸟皮被乱七八糟地堆积，堆得跟人们两肩一样高——那幅景象直让天使哭泣！

　　不是天使叫女人安琪。并不是说她天生比男人更残忍，流血的伤口和各种形式的痛苦，甚至是一颗负重之心的叹息，都能迅速引起她的同情，并使她痛哭流涕，但想象力于她甚少助益。在绝大多数情况下，诉求必须是鞭辟入里，并通过她的感官触及，否则就听不清楚，也看不清晰。如果她喜欢以一只鸟的漂亮羽翼装饰，并且能够心安理得地佩戴它，那是因为它无法唤起她心中悲伤的形象，在某个遥远的荒野里上演巨大的悲剧：空中敏捷的孩子坠落下地，鲜血淋漓，它的雏鸟失去了温暖它们的胸脯，在树上死于嚎寒啼饥。我们知道，无论如何，这个国家的女性数以百万计，迄今为止仅有十名妇女，可能是十五名，在其他问题上经常高声抗议，抗议把被杀的鸟当作装饰品的时尚野蛮风气。毫无疑问，满足这种女性装饰需求的寡廉鲜耻的商业活动必然在我们中间继续蓬勃发展，商业与道德并非并驾齐驱，但饰物的原材料来自其他土地，那里尚未受到野生鸟类保护法案，以及"个人努力和数千个个人影响中心"的庇佑。它们主要来自热带地区，那里有些人心性残忍，而那里的鸟羽毛艳丽。

因此，这种贸易并不会对我们本土鸟类的生活产生太大影响，也不会对我们想出比现在更好的方法产生太大影响。一些来自温暖甚至炎热地区的物种在英国生长良好，且户外繁殖兴旺，例如黑身及黑颈的天鹅、埃及雁、鸳鸯和林鸳鸯鸭，其他物种也多得难以统计其数量。然而，这些鸟均系半圈养，通常被关在围栏囚房，能经受住气候的考验，在受到保护而不参与竞争的条件下能够繁殖。这就不足为

埃及雁

孔雀

怪,而是顺理成章。因为我们知道,几种耐寒的圈养鸟——原鸡、孔雀、珠鸡和疣鼻栖鸭——都起源于热带地方。而且它们均个头较大,如果在英国变得粗野凶狂,那也不会是很多年后出现的状况。这些大型鸟类在我们这里繁衍生息,这个事实令人鼓舞。但我们目前所关心的问题,是能否引进丛林鸟,主要是雀形目鸟类,并把它们送去野外自由翱翔,使我们鸟类的生活更加丰富多样。把这样一个目标带去热带国家实现,只会是徒劳无功,白忙一场。

大自然的最高类型,其优美的姿势、绚丽的色彩和完美的旋律均胜过其他类型式样,对此我们的大小树林有目无珠,不知其详。这些珍稀的鸟类珍宝可能不会从它们的背景中移去,国人若想弄清楚其耀眼的光泽是如何花哨得难以想象,就永远有必要穿洋越海,深入偏远的荒野山乡。我们应该去那些生活条件艰苦的

珠鸡

疣鼻栖鸭

地区，那里的冬天严酷且漫长，那里的大自然在食物方面并不慷慨大方，而且那里嗷嗷待哺的嘴巴很多，竞争激烈。即使从这些地区带走严格意义上迁徙的物种，我们对此也不能抱有任何成功的希望。尽管如此，我们若仅仅关注常住鸟民，因而关注的物种均属最顽强，且只关注仅拥有一部分鸟族移民的地方，就会惊讶地发现，有多少移民可以选择，有多少物种歌声嘹亮，而我们本土物种又因缺乏多少明亮的色彩而如此悲伤。引进物种的地域非常宽广，包括欧洲大陆、北亚各国、北美洲的大部分地区和南美洲，或者智利南部和巴塔哥尼亚。这样说来并不夸张：英国的每一个物种都可居住在花园、树林、田野、荒地或江河，至少有六种生活习性相似的常住物种可以自上述国家和地区引进，若论优美的旋律（夜莺和云雀除外）、鲜艳的羽毛、优雅的体态，或其他吸引人的品性质量，新来的外来鸟都会胜过我们的本土鸟。

那么问题来了，有什么理由相信，这些必须少量引进的外来物种会成功地在我国站稳脚跟，并成为我国鸟类群的永久补充和无代价补偿？因为人们已经承认，尽管遭受了损失，但我们的物种仍有不少的数量，而且无论从美学的角度观察，抑或从实用的角度端详，鸟儿数量并没有减少多少，但鸟类的特征可能发生了变化和退化，没有空位了。因此，溪流水旁已有苍鹭、**鹳鹬**和翠鸟捕鱼捞虾，灯芯草丛边缘则有白骨顶和黑水鸡寻食觅粮，在水面上，还有芦鸦、蒲苇莺，以及其他种类的莺栖息于芦苇河床。啄木鸟有三种，腐烂的森林树木都是它们的城邦。而所有林树的干枝，无论腐烂还是健康，都有小小的旋木雀驻守。它们在寻找微小的昆虫及其卵时，不放过任何一条缝隙。它得到了普通䴓的帮忙。到了夏天，蚂蚁缘着树干疯狂疾走，而蚁䴕如果还没死亡,就会飞来,灵巧地抓起那些活跃的小蚂蚁。柳莺及其他鸟儿在树上啄叶忙,即使是最高的树梢,也不会因系蝇头小利而被山雀及其随从们忽略、遗忘。欧歌鸫在树林周围潮湿的土地上寻找虫子,欧椋鸟和秃鼻乌鸦常去牧场,百灵及其亲眷们守在耕作的田野上,还有较大的鹨鸰也在那里安营扎寨。荒芜而多石的土地上都有鸟儿在说长道短,雷鸟即使在贫瘠的山顶也能谋生填肚囊。鹡鸰在清澈的溪流边奔来跑去,许多种类的海鸟视全部海岸为家乡。因此,整个地面似乎已经被最大程度占据,不同物种的栖息地相互重叠,就像鱼的鳞片一样。

列举了这些,我们发现还有许多鸟类被漏举遗忘。重要的捕蝇者鹟䳭,是大自然勤奋的小管家,打扫卫生,不留一个角落容忍蚊蝇飞扬。鸽子则是素食主义者,纯以蔬菜为食粮。树林和灌木丛中还栖息着松鸦、大杜鹃、猫头鹰、鹰、喜鹊、伯劳——均系大自然的卫士,负责猎场,它们持有"捕杀许可证",按照猎场看守人的方式,其捕杀行为有些不分青红皂白。在地面上,白天有雨燕和家燕辛劳,晚上则有夜鹰奔忙。而且似乎这些都还不够,从喧闹的通衢大道到自然界最僻静的地方,随处可见雀来鸟往。它们用来塞喙果腹的东西很多,从坚硬的种子外壳到柔软的毛毛虫皮囊。

这就是事物的现状。人们可以想象,几乎无须经验和观察就可以向我们证明,那些异国来的客家鸟新到一个陌生的地方,其最优秀的本能也许方枘圆凿,派不上用场,生存的机会非常渺茫。但似乎很奇怪,关于这个问题,我们掌握的事实虽然量少,但得出的结论相反。例如,人们可能会认为,红腿石鸡永远不会在我们这里立足生长，因为此地已被一个本土物种占山为王，这土著天生具备额外的优势，即拥有更完美的流光溢彩的保护色。然而，尽管有这样的缺陷，这外来鸟还是征服了一个地方，并在英国大部分地区自由翱翔。更值得注意的，是环颈雉的情况，它有着丰富的羽毛，本在热带地区土生土长，但我国寒冷潮湿的气候及它未经改变的鲜艳色彩并没有对它造成致命的影响，它实际上已经融入我们的野生鸟类，相互间取长补短。大个头松鸡也已成功地从挪威引进。小型鸟可能比大型鸟更容易归化，也很任性，喜怒无常，能更迅速地找到合适的觅食地、安全的栖息处及筑巢的温床。它们的食物更丰富，寻觅起来也更易如反掌。它们小巧玲珑，不张扬，因而更觉安全，不紧张。最后，它们的适应能力比大型鸟类成倍地强。

红腿石鸡完全不可能赶走我们本地的鸟，一些目光短浅者才会杞人忧天、庸人自扰。那才是一种不幸，因为我们不想把一只鸟换成另一只鸟，也不想失去我们现有的任何物种，而是想拥有更多的种类。我们有两只石鸡互相陪伴，要比仅有一只好，即使多的外来鸟可能会没有这么良好的运动娱乐，也不会有这么精致的美食佳肴。它们和谐共存，又相互竞争，而这样的竞争并不一定对这两者都有破坏性。相反，它的作用和反应是健康有益的，使两者相得益彰，齐头并进。事实上，在离大陆很远的小岛上，这些动物免除了所有外来竞争，也就是说，避免了与外来殖民者的竞争。一旦有了外来竞争，对它们来说就会致命。幸运的是这个国家幅员辽阔，离大陆很近，阻止了我们在圣赫勒拿①那类岛屿上看到的那致命的生物结晶。任何英国物种灭绝于外来竞争，这事不太可能。不管我们是否引进外来鸟类，我们今后唯一要痛惜的损失，将是和过去一样的事情，即直接肇因于我们自己用火药和枪弹杀死每一个珍稀物种的非理性的愚蠢行为。从引进外来物种来看，没有什么可怕的，而是大有希望，前程辉煌。

还有一点也不应忽视。说所有地方都被占领，这毕竟只是虚构编造，荒诞不经。大自然的美好秩序已被破坏，她的自然王国陷入极度混乱。我们的行动倾向于维持混乱的状态，而她却一直在与我们作对，以重建秩序返璞归真。她繁殖一些普通的、很少被人注意的物种来占据一个被人为消灭的物种所留下的空间，而这被称为"权宜之计"的物种在结构和本能上与某种特定的生活方式并不特别适应，因此不能将其获准进入的土地完全有效地占领。打个比方说，在没有合法所有者的情况下，它只是作为一个看管人或一个无知的缺乏远见的管家进入。同样，我们的一些观赏物种在迅速地减少，也正在适应其独特的结构和生活习性，以在自然界占据位置，而其他物种无论具有多大的可塑性，甚至填充部分位置都不可能。

这里可能更多提到的是蚁䴕和啄木鸟，还有一个例子更好，那就是像宝石一样的小翠鸟，这是英国唯一一种可以恰切地称为宝石一样的鸟。当金翅雀消失时，我们知道它很快就会消失，其

---

①圣赫勒拿岛，是英属南大西洋中的一个火山岛，孤悬海中。圣赫勒拿岛与其南方的特里斯坦-达库尼亚群岛一起组成英国的直辖殖民地圣赫勒拿。——译注

他粗俗的燕雀科鸟类，雀和鸦，就来了，它们没有金翅雀的歌吟、魅力和聪慧，替代的方式也很粗糙。但当翠鸟消失的时候，一个重要的地方就空无一鸟了，因为没有更粗糙、羽毛更朴素的鸟儿以捕鱼为生。因此，这里有机会实验实在是绝妙。在地球的温带地区有许多美丽的翠鸟可供选择，有些栖息在比英国寒冷的国家，因此很能忍受冰冻的煎熬。在某些情况下，它们经常造访的江河溪流里的鱼类极其稀少。它们中的一些非常漂亮，体形不一，有的如麻雀那么小，也有的如鸽子那么大。垂钓者可能会大声疾呼，需要我们水域的所有鳍鱼来上他们的钩。几乎没有必要像有数学头脑的穆迪那样深入研究这个问题，因为大自然在生产生命方面格外慷慨，这毋庸置疑，无须争拗。他证明，如果所有孵化出来的鱼都能活到寿终正寝，那么在二十四年内，它们的生产能力转化成的鱼（每英尺两百磅），就相当于整个太阳系中太阳、行星和卫星所含的物质，一个不少！这是一个"非常惊人"的结果，正如他所道。要完全达到这个目标，孵化出来的每一百条鱼中，必须在这个阶段以某种方式死去九十九条，因为它们对翠鸟来说只不过是可口的美食。这些浪费的食物中有一部分很可能用来养活几个物种，这些物种又会把水边装饰得美丽妖娆，也正迎合所有乡村自然的热爱者所好，当然包括迎合垂钓者永远的喜好。顺便说一句，在目前混乱的自然状态下，浪费食物的现象不仅仅存在于我们的溪流河道。

引进这些可爱的域外翠鸟中的一种或多种，肯定不会加速我们本土物种的衰落和减少，但可能会间接地带来一个相反的结果——这个问题将在本文的最后提到。实用主义博物学家可能会说，捕获翠鸟的难度远远大于抓其他的鸟，要把它们带来英国，几乎办不到。现在讨论这个问题为时尚早。但如果真要尝试，这些困难也许并非克服不了。在所有国家，人们都听说某些种类的鸟总是死于圈套。但仔细研究这事通常会发现，其死因不是失去自由，而是饲养不当，没有讨巧。毫无疑问，让翠鸟在漫长的海上航行中保持健康，其难度也远远大于普通的食谷鸟，但据说啄木鸟、杜鹃，以及柳莺也是如此，事实上，任何一种在自然状态下生存的物种，均以某种特殊的动物为食料。尽管如此，当我们发现即使是过于易变的蜂鸟，依靠最微小的昆虫和花蜜为生，似乎需要无限的空间来尽展它的拳脚，才能在长期禁闭着的情况下，被成功地送去遥远的国度。有人会想，在这个方向上很难设限，画地为牢。我们要的不仅仅是粗喙鸟。我们首先要求多样化；其次，引进的每一种雀鸟，如雉鸡，若非是与任何本土物种不同的类型，那么在美貌、歌吟或其他素质上都应优于其英国的代表，或优于在结构和习性上最接近的雀鸟。

因此，假设引进鸽子很有必要。我们知道，在所有温带地区，这类鸟的颜色及斑纹和它们的体形一样，变化颇小，但不同物种的发声能力则差异很大，有低有高。因为主要目的是保护一种鸟，这种鸟会在这方面使本地物种臻于更好。与欧鸠、林鸽同属的鸽子，嗓音非常美妙，其特有的哀婉的鸽鸣曲堪称完美——诡异而激情的曲调，抑扬顿挫似涨潮退潮，以其与人类音调的神秘相似，震惊了凝神谛听的男女老少。有一种哀鸽更受喜欢，它长歌当哭，其声温柔厚道，如此狂野而优雅地调节声音，如缥缈的啜泣，化作乐曲，在叹息般的声音中消逝，似乎模仿了空中呼啸的风声。

考虑我们鸟类种群的特点以期加以改良,不能不想到家麻雀多得有点过量,由此不禁感到沮丧。但对这种鸟的系统性迫害,可能只会使事情变得更糟糕,它的持续增多是因为此消彼长,即其他更有用和更具吸引力的物种相应减少,甚至趋向消亡。如果大自然想要随心所欲,就必须有鸟儿自由飞翔。而且,没有一个爱鸟的人愿意看到事情走样。麻雀总有它的优点,只要我们根据自己的耳闻目睹来判断衡量,而不要让澳大利亚人和美国人对它的评价左右我们的思想。在那些遥远的国家,它可能混账透顶。在这方面,它就像我们这个种族的一些移民,他们出国后把所有道德都留在了国内家乡。即使是和我们在一起,奥梅罗德小姐也对它怒火满腔,只想把它消灭光。但这个女士的激情可能并非来源于其认知,她对麻雀的了解可能不如对苍蝇那么透彻周详。无论如何,鸟类学家发现很难相信,如此糟糕的捕虫者真的导致了任何专食昆虫的物种的消亡。根据高度权威的数据,我们知道昆虫的供应量并没有减少,仅是有害的种类就能给英国农民每年造成相当于一千万英镑的损失。

撇开这件有争议的事不谈,麻雀虽然有几样缺点,但却是一个可爱快乐的小家伙。在许多城镇里,它是野生鸟类的唯一代表,当地无双。因此对我们来说,它非常重要——特别是在大都市里,它繁衍兴旺,每隔一段安静的时间,就会传来叽叽喳喳的欢乐声,恰似柔和而愉快的爽朗笑声。在伦敦城内,这种天籁之音带来的欢乐绝对不会让人恼火紧张,比起街上刺耳的嘈杂声,它的品性更加细腻柔润,更加空灵悠扬,就像旋律一样,听它是一种解脱。而在恬静的郊区,声音则大得多,且没有间断,如江河水流淌。再走去远方,在森林、花园、树篱,在城镇、乡野、村庄，随处可见麻雀奔跑，随处可闻其声音荡漾，最后变得单调乏味，似缺花样。

我们的麻雀太多了，但这过错应在我方。它原本只是一个不熟练的工人，却被大自然招来给熟练工人顶岗，而原来的熟练工人已被我们愚蠢地弃之一旁。麻雀愿意独自承担这一切。它精力充沛，意气昂扬，不停地劳作鼓捣，作为一个乐天派，工作时吹口哨曲，不成调地把歌唱，直到像《旧约·传道书》中成为负担的螽斯一样。因为一个人骑马走了好几英里路，看见螽斯就像一朵发声的云在马前不停地飘忽晃荡，整天从路边听到它的尖叫声，那螽斯造成了多么累人的声音和景象！然而，在夏日葱茏的绿叶中聆听它们——虽然数量不多——的浪子吟是多么令人心情舒畅！不管它本身多么迷人，我们都可能拥有太多的数量。那些生活在成群蜂鸟不停地醉舞的花丛之处的人会发现，看见鸟儿表现出的最精美的外形、最鲜艳的色彩、最灵光的动作，眼睛会变得厌倦发慌。据说忏悔者爱德华已经厌倦了鲍威尔哈弗森林里夜莺无休无止的歌唱，他祈求上天让它们的音乐安静下来，于是鸟儿们立刻离开了，直到国王死后才回到那片森林海洋。

麻雀不像传说中的夜莺那么敏感，也不可能用这种简单的方式将它驱逐光。它只能接受更粗暴的劝说信仰，要想出一种比大自然所教导的更有效的方法来削弱它的优势——要让它顺从地参与与其他更好物种的竞争，那得等到地老天荒。它英勇好斗，装备优良，阵容鼎盛，身强体壮。如果它没有这些品质，没有本能的高度柔韧性，能屈能伸，有弛有张，没有随时准备抢占空位的能力，它就不会占有一切，支配百样。然而，即使是强壮的麻雀，一个很小的东西，也可能改变天平的倾向，特别是当我们站在一边，给天平的一边施加一点人为的压力，就会如添加一根稻草压弯一头大象。必须记住，麻雀所占土地的多样性及其领域的宽广，证明了它并未有效地占地霸疆，因为它的地位还没有强大稳固得不能撼动。我们协助一方对抗另一方，这行动对其结果可能不会有多大影响，但还是可以做一点事来帮忙。

在伦敦郊区的花园和庭院里，麻雀并不多，且比其他种类的雀鸟更加羞怯、惊慌，这是通过一点点审慎的迫害造成的模样。射击是一个糟糕的计划，即使是用气枪。所有鸟都能看到它的下场，因为它们从绿色的藏身处看到的比我们想象的要多，它会在它们中间引起普遍的恐慌。那些想给其他鸟一个机会的人，只会通过射杀麻雀来实现自己的妄想。对于那些能够谨慎从事的人来说，更好的计划是端窝拆房，因为麻雀的窝比其他鸟类的更容易曝光，但端窝应该在其产完卵后才动手，而且只能于晚上行动，这样其他鸟类就不会目睹抢劫，也不会害怕自己的财宝被抢。亨利·乔治①先生在他那本令无数理性读者欢欣鼓舞的书中，提出了消灭所有鲨鱼和其他贪婪的大型鱼类的主张。他说在这之后，海洋可以储藏鲑鱼，这就可确保为人类提供无限的食物，既合乎卫生，又有益健康。这里不提倡对麻雀也采取这种高压举措。对自然的了解使我们保守和防御。"杀了麻雀、鲨鱼、喜鹊或别的什么东西，万事万物优胜劣汰，保持良好秩序。"这话说起来很容易，但自然界中的事物远超过改革者阶层的哲学想象，让他们无

---

① 亨利·乔治（1839—1897），美国19世纪末期的知名社会活动家和经济学家，提出征收单一地价税的主张，曾经在欧美一些国家盛行一时，颇有影响。——译注

法理喻。这些改革者以猎场看守人、猎场看守人的主人、奥梅罗德小姐和亨利·乔治先生为代表，他们可谓智者多虑。让他不择手段地杀死鲨鱼吧，但他不可能用这种方式征服大自然，否则窘况堪虞：大自然会用别的东西来制造更多的鲨鱼，可能就是用他提议拿来款待其饥饿门徒的鲑鱼。

　　本文作者无意于细致入微地探无底洞，结束这一部分的讨论时，只需做一点补充：在麻雀所占据的广阔而多样的领域里，相对于一个没有高度完善的特殊进食本能的物种，有足够的空间以这种粗糙而无效的方式引进几十个物种来竞争，它们中的每一种都应比麻雀更好地适应，以便在某一点或某一特定领域找到合适场所生存，而这一点或这一特定领域正供麻雀与其展开竞争。从美学的角度来看，每一个引进的物种都应该具备一些素质和品性，使其成为我们鸟类生活中一个有价值的补充。这不会是一场暴力战争，也不会违反大自然的法令，相反，这将是她安全健康和具深远意义之方法的回归返程。有人可能对这里提出的方案持反对意见，这方案必须注意，不可看轻。

　　可以说，即使引进能在我国繁衍生息的外来物种，结果也不会繁衍兴盛，因为这些陌生者来到我们的小树林，最终都会遭遇与我们更稀有物种及临时访客相同的命运，即是说，它们会被枪击毙命。毫无疑问，在过去的半个世纪里，业余博物学家一直是这个国家的祸根，正是由于老罗伯特·穆迪所说的"橱柜里的贪婪穷吞"。我们的许多优良物种已极为罕见，而其他物种也正消失殆尽。但在这个方向上寻求更好的改变，已是亡羊补牢，太晚了不行。半个世纪前，当这个国家仅存的几只大鸨被处死，博物学家突然想起,他们急于获得这种鸟的标本(鸟的皮毛),却忽略了在它们活着的时候熟悉其习性。其习性并不比渡渡鸟和孤鸫更为人所知。就这个国家的鸟儿习性而言,这已是来得太晚的反省。但还有不幸,这一教训当时没有被放上心,其他优良物种从此走上不归路,步了大鸫的后尘。

现在我们已经清楚地看到了这种"研究鸟类学"的方法所带来的颇具灾难性的后果,这种方法并不符合我们的人类文明。我们希望采用一种更好的方法,那就是梭罗①找到的"更好途径",把他的鸟铳放在一旁去践行。无疑,对这种改进的渴望现在变得非常普遍和流行,对动物,尤其是对鸟类的亲切感正在我们中间产生,而且有迹象表明它甚至有一些可观的影响开始形成。穿戴鸟皮羽翼的时尚,普遍被大多数男人痛心责备。很可能不久之后,人们就会认为,女人与男人的涉鸟行为并无大的区分:女人为装饰自己购买唐纳雀和蜂鸟,男人则为丰富自己的收藏而捕杀大麻鳽、戴胜、太平鸟、金黄鹂及波纹林莺。

戴胜

---

①亨利·戴维·梭罗(1817—1862),美国作家、哲学家,超验主义代表人物,也是一位废奴主义及自然主义者,毕业于哈佛大学,曾在距离康科德两英里的瓦尔登湖畔隐居两年,自耕自食,体验简朴和接近自然的生活,以此为题材写成的长篇散文《瓦尔登湖》在美国文学中被公认为最受读者欢迎的非虚构作品。——译注

就最近一次将一种异国鸟引入英国的尝试说几句话,在这里似乎并非不合适、不理性。大约八年前,埃塞克斯郡一位绅士将一种漂亮的猎鸟——棕红色的穴鹊——引进了他家的庄园大门,它的个头之大,几乎如同一只家禽。直到现在,或直到最近,这些鸟每年都繁殖,而且有一段时间大量繁衍,并且大都散布在周边。当它开始增加时,附近的业主和猎人一般会被要求不要开枪,为的是给它一个生存机会,有理由相信他们帮助保护了

太平鸟

它,并对实验的兴趣大增。不管最终结果如何,这几年取得的部分成功无疑都令人欢欣鼓舞,而探究起来不止一个原因。首先,这种鸟不应该被选作这样的实验品。它属于拉普拉塔的潘帕斯草原,在那里享受着干燥、晴和的气候,隐藏于茂密、高

波纹林莺

大的本土草丛中。它的栖息地与埃塞克斯郡或英格兰任何地方的都泾渭分明。此外，它还有一个特殊的有机体组织，因为它恰好是南美洲极少数的古老动物之一，且这物种仍然生存。像这古老的穴鹑一样了无希望的主题，应该能在这个国家继续维持其生存，哪怕是苟延残喘几年也好，就会鼓励人们相信，有更好的物种选择、更高度的组织性，以及更顺从的生活习性，例如欧洲的花尾榛鸡母鸡作为猎鸟，成功几乎可以肯定。

另一个与尝试引进这种不合适的鸟有关的情况，甚至比取得部分成功的事实更有希望，那就是这项实验引起了最大的兴趣和痴狂，为此激动的不仅有全国各地的博物学家，还有埃塞克斯郡的地主和猎人。在那里，鸟儿不仅被视为可以装袋的狩猎战利品，也被视为橱柜里的珍稀物品获得珍藏，而且被允许在不把人类算作敌人的情况下，与自己的同类进行搏斗较量。如果大量引进外来物种，并建立繁殖中心于全国各个合适的地方，那么可以预期，同样的自我克制和公平精神，以及看到有利结果的明智愿望，将在各地得到体现，放出光芒。人们一旦得知个人做这件事消耗了大量的时光，付出了最大的努力和巨大的代价，且这一切不是为了其一己私利，有福独享，而是为了公众利益，让大家沾光，为了使所有热爱乡村景色和声音的人都感觉在这个国家更加幸福欢畅，那么就不会有人提出异议，大唱反调。相反，就会八方来助，四面相帮，因为大家都对这样的事业成功满怀希望。即使是最热心的收藏家，也会克制自己，不会对来自远方，身带羽毛的新宾客举起猎枪，万一有这样的东西落入他的手掌，他也会羞于展示，不愿亮相。

为我们的鸟类增加美丽的新物种，可能不是我们执行上述计划获得的唯一利益，甚至我们也不是主要利益的获得方。这些知识都有如下间接影响：这样的一个实验正在进行，且其主要目的是修复已经造成的损伤，这将是完全有益的，因为它会使我们眼中剩余的美丽的本地珍稀物种价值高昂。我们许多优良的鸟儿每年都会被人射杀，而那些猎杀者都是明知故犯，肆意逞狂。如果他们的违禁行为不受法律惩罚，那就如同那些在公园或花园里恶意剥光遮阴树皮的人——他们为自己的行为找借口说，这样的鸟最终必定会挨猎枪，最先看到它们的人则会从中受益。在我们的大森林和小丛林里，即使有一小部分外来物种繁衍生息，无疑也会使环境变得更加漂亮。这个话题将会引起公众说长道短。因为那些以美貌和美声取悦我们的鸟儿，应该是属于大众的，而不是为那少数野蛮人当作靶子来练枪。一旦开始被普遍质问，"收藏家"就会发现最好是弃恶从善。如果我们能放过从中国或巴塔哥尼亚花大代价引进的珍稀丽鸟，为何不能放纵我们自己的翠鸟、金黄鹂和戴胜，以及其他许多美丽有趣的物种任其生长吗？那些戴胜每年从非洲来到我们这里繁衍生息，却不获允许繁殖生养。

第三章　海德公园里的黑水鸡

　　家麻雀和穷人一样，总是和我们在一起。在刮风的日子里，连大块头的秃鼻乌鸦也被风吹来吹去，于伦敦上空阴暗的天际飞上飞下。在这种情况下，其乌鸦般沉郁的嘎嘎声似乎也有点讨喜，对我们紧张的神经可勉强充作润滑剂。在这里，普通的伦敦人已经在给鸟类清单收尾，也就是说，他在做冬季清单。他对那些遭遇风吹雨打的流浪鸟一无所知，它们是"偶尔造访"大都市的客人，是远道来麦加和麦地那①的朝圣者，它们倒在路边疲惫至极，或在浩瀚无垠的天空航行途中遭遇风暴，失去了指南针和计算仪，被伪善虚假的灯光引诱，惨死在残忍的敌人手里。也许在九曲湖可以看到鸥鸟，在林肯律师公会广场可以看到丘鹬，但是早上去办公室、灯亮时分才回家的市民却见不到其踪迹，它们在他们的生活中算不得什么东西。

　　那些关心、记录这些事件的人，尽管对此看得很要紧，也可能会误认其物种，就像《泰晤士报》那个爱鸟但不懂鸟类的记者报道所云，他曾在伦敦市中心的肯辛顿花园看到过一群金黄鹂。其实他看到的是穗鹍，或许它们会施展其想象力告诉我们，向阳航行的灰鹤扎寨在圣保罗大教堂的圆顶，还有圆形池塘里的红

---

① 麦加、麦地那及耶路撒冷一起被称为伊斯兰教三大圣地。——译注

鹳、威斯敏斯特大教堂周边的仓鸦,以及一只彩鹳,猩红、光滑或神圣,该如何断定,那得根据其在皇家交易所栖息于皮博迪雕像上的情形。

冬天不会永远持续。当痛苦的月份过去后,三月用水仙花的黄冠嘲笑我们,阳光普照,雨过天晴,公园和大街上的榆树和酸橙,广场上被烟熏黑的灌木林,再一次披上了让人心旷神怡、极温柔的绿色。即使在伦敦,我们也知道鸟儿已经从大海那边开始了回程。对它们来说,远离我们昏暗的气氛,远离交通的嘈杂声,远离熙熙攘攘的人群,似乎更自然、更安宁。为什么要来我们这里厮混?难道就没有寂静的隐居地掩藏于绿林?那里的环境更适合它们娇羞而柔弱的天性。然而春天一回来,鸟儿就和我们同呼吸共命运。它们并非总是显而易见,但不论在哪里,其抑制不住的喜悦都会表明它们跟我们多么接近。其迷雾的旋律包围着整个伦敦,压向我们的身心,雄心勃勃地想夺路而通往我们城堡的中心,沿着花园和树木列队的道路,依附于公园和广场的绿荫,像薄雾一样悄悄地弥漫而进,飘浮于城市沉闷的喧嚣之声,像飘浮在大地之上的云彩,蓬松而又空灵。

在我们春季的游客中,有一位既不是旋律演奏家,也并非习惯上的空中飞人,却因其优美的外形、漂亮的羽毛和有趣的举止而吸引着我们。在伦敦,它宾至如归,并不害怕与我们朝夕相处、形影不离,这一点对它非常有利,因此也不能掉以轻心。[①]这

[①]请注意,在这本书被书写的1893年,从未有人知道黑水鸡已在伦敦度过冬季,忍耐寒冷。在过去的二十年里,它在这方面改变了习性,现已成为永久居民。——原注

就是小巧的黑水鸡，它有一种奇怪的生活习气，倘若你对这种事感到好奇，可以查阅许多写它的传记。每年春天，海德公园都会飞来这个物种的一些个体，它们在那里栖息一个季度，饱览这人世间的时尚风气。戴尔与罗敦小路中间恰巧就是它们的繁殖地，并被收入那份微小的自然记录里。在那里，九曲湖尾的静水中生长着一小片茂密的灯芯草和水生草。它们在什么地方过冬，大西洋中曼通或马德拉的秧鸡也不知悉。

五十多年前，整个欧洲大陆传颂着一个美丽的传闻：一位波兰绅士每年夏天捕捉一只白鹳，那鹳筑巢于他的屋顶，他就套一个铁环于它的脖颈，上面写着"波兰之亲"。翌年夏天，白鹳的脖子上又出现了一个非常明亮的物品。它再次被抓走时，那个铁环已经替换为金环，上面刻着"印度尼西亚及波兰"的字纹。

至于黑水鸡，其身上还没有人给戴上铁环作为礼物回赠，也没有人跟踪它微弱拍翅的缓慢飞行，去发现它迁徙的极限。它可能飞得比较近，不会远于肯特郡沼泽地和英格兰南部其他潮湿的草坪。它离开公园，就等于离开了"国家"，这个说法不可信。然而，它随波逐流，逐浪而出，逐浪而进。而且像候鸟观察时间和季节一样，它回到自己的家里好不温馨，那是一片土地和水为它形成的小天地，就它而言，胜过英国其他的池塘和溪流，哪怕有芦苇和柳树掩映遮蔽。据说它性情腼腆，但大家都可在这里观赏它。在这块弹丸之地，有那么多人不断途经，也有那么多人停下来赏心悦目地观看美丽的鸟儿游荡于那一小片绿色的草坪。它们灵巧地从草叶上啄下微小的昆虫，而对孩子们扔下的面包屑也并非不屑吞食。那只小巧光滑、带橄榄褐色的黑水鸡，在其小小

正在散步的黑水鸡

的领地里自由而安逸地步行,从容不迫地抬起它绿色的腿,忽左忽右地转动着它黄色的喙和红色的额甲,每走一步都露出雪白的尾下覆羽,动作优美古雅,喷射式步态特立独行。

这样一个事实和无数同样重要的事实都指向同一个结论:鸟类对人类有一种本能的或遗传的恐惧。达尔文这句格言虽被经常引用,却属荒谬绝伦。这些黑水鸡根本不怕人,因为在海德公园,它们没有被射击毙命,也没有受到任何方式的骚扰虐待,它们产下的卵和幼仔更没有遭遇被抢走的暴行。它们并不害怕任何生物,除了那条为所欲为的小狗,它偶尔会冲进围栏,狂吠着追猎它们,直追到它们避难的芦苇丛中。黑水鸡就是如此,所有野鸟也都是这样的情形。它们害怕，于是飞离，飞到安全的距离侦察，疑神疑鬼。无论什么骚扰它们，无论人们在哪里觊觎它们，它们都很快就准备好了从经验中养成的疑心，或它们因袭继承的疑心。初出茅庐的年轻一代及没有经验的鸟儿会模仿其交往的成年鸟的行为，并从它们身上学会有备无患的习性。

同样有趣又奇怪的，是一种鸟夏天和冬天栖息于两个国家。它的习性，是根据不同地区的居民对它的态度是敌对或友好来调节的。事实上，鸟有两个传统关乎人们对其的取态，即到哪个国家行哪个好，到什么山上唱什么调。譬如，田鹩在英国是一种极其害羞的鸟，但它回到北方时，如果它的繁殖地在瑞典北部或挪威某个有人居住的城郊，它就会失去所有野性，在离房子很近的地方筑巢。

我的朋友特雷弗·巴蒂看到一对鸟在离他住宅门口几码远的小桦树上忙着筑巢。"真奇怪！"我对屋里的人惊叫，"瞧，野鸟在这样一个地方筑巢！""有什么奇怪？"他惊讶地说道，"没什么可奇怪的，因为孩子们总是用石头扔鸟。鸟巢太低了，任何一个男孩都可以伸手进去把蛋拿跑。""掏鸟蛋！"我叫道，着实吃惊不小，"扔石击鸟？一个男孩会做这样的事，真让人莫名其妙！"

与这个错误密切相关的是另一个错误，那就是噪声本身对鸟类来说非常痛苦，且其具有可将它们驱逐的效果。对于所有与它们无关的声响（噪声），鸟类则是置若罔闻、熟视无睹。汽车的隆隆声、发动机的喘息声和尖叫声，以及铜管乐队的嘟嘟声，对它们造成的恐惧震惊，都不及气枪的轻微爆裂声。气枪是一种适度的杀伤性武器，经常被用来对付它们。它们对噪声没有"神经紧张"，但一个小男孩的幻影会让它们胆战心惊：他悄悄地沿着树篱边爬行，寻巢掏窝，扔石击棍。它们不怕牛和马，不管其吼叫多么大声。如果我们送走和放生成群的长颈鹿、吹喇叭的大象和面目可憎的犀牛，鸟儿很快就会像对待熟悉的母牛一样不害怕它们。但鸟儿非常害怕这只小个子猫，它虽然并不显山露水，且看起来安静温顺。麻雀和椋鸟听到小男孩的叫声或狐狸猎犬的吠声，就狂飞逃生，在每个铁路、拱桥下筑巢安营。当特快列车驰过其头顶时，孵卵的鸟儿仍若无其事地坐在铁板和大梁中间，离它如此之近，以至于人们可以想象，雷鸣般的刺耳噪声会吓得这个可怜的家伙倒地殒命。

对文明中无害的喧嚣麻木不仁，使我们不得不承认，在我们周围，甚至在伦敦，鸟儿多得数不清。就看英国皇家植物园邱园，由于它在水之滨，周围有许多霸道横行的铁路，几乎与威尔斯登或克拉珀姆交叉路口一样，沦陷于震耳欲聋的噪声，但仍有成千上万的鸟儿来此成群结队。那里的食物并不比其他地方丰盛，然而，在这个国家很难找到一块同样大小的土地，那里一片寂静，没有人群，却有这么多的鸟群。它们在邱园比其他地方更多，尽管有噪音和人声，但因它们在那里受到部分保护，避开了迫害它们的人们。

在春天游逛花园是一种乐趣，既能听到鸟儿的鸣唱旋律，又能看到蔬菜可爱的奇形怪状。六月里一个夕阳火红的黄昏，雨后的空气充满弹性，人们听到的美妙声音是多么响亮跳跃，似乎寓千变万化于无形！英国，背负着关怀的重担，却与大自然长期疏远，是否留下了那么多清甜的声音？那飘出的是什么风铃声，飘自每棵枝繁叶茂的塔形树巅？那清晰合唱的是什么歌曲，如此撒野，如此狂欢？那是什么奇怪的乐器，并非手工做成，能如此灵巧地触摸和深情地呼唤？我们的周围飘荡着什么幽幽美妙的低语呢喃，神秘而温柔，如树叶交头接耳，情意缠绵？在此时此地，谁能如此呆板而准确地询问合唱团成员的名字？它们都有世俗的名字，是我们取的名字。它们来拜访我们时，被我们写进了沉闷的书籍。但毫无疑问，在它们光明的家乡，即云海天际，它们被叫以其他的称谓且更适宜。

由于上述原因，邱园特别受欢迎，但在没有穿着红色背心和系着黄铜纽扣的雇工保护它们安全的地方，鸟儿的种类也很丰富，经常三五成群。为什么它们如此执着地紧紧围绕着我们，不仅在伦敦，而且在这个国家的每一个城镇和乡村，每一栋房屋和门庭？为什么它们总是在等待，聚集在离我们尽可能遥远深邃的花园、果园和草坪，却总是在它们敢来的地方靠近我们？这不是感情，可以译成这样的话来听："哦，天哪，你为什么对我们不友好，或对我们的生存如此漠不关心，以至于你没有注意到你的家属和邻居残酷地迫害我们？因为我们是为和平，又知道你是造物主，所以我们在远处谦卑地对你拜以崇敬，希望分享你的厚爱深情。"不，鸟身上的渺小而明亮的灵魂并没有这种动机，只有较少的本能之光作为它的向导、罗盘。对于鸟的本能，我们只是居住在地球上的无翼哺乳动物之一，猫和黄鼠狼被标注了"危险"，而牛、马、羊却没有这样的标签。

即使我们的眼睛更大、视线更弱，也能轻易地发现鸟儿的吸引力。任何一个在伦敦郊区有花园的人，在离房子最远的地方仔细检查树叶时，就会发现植物叶子上没有虫子，而往回走时，却会发现虫子越来越丰富，直到走进自家院子。昆虫在我们周围密密麻麻地聚集，因为我们创造的这片没有鸟儿的空间，永远是它们的避难所和安全的宿营地。这一点鸟儿也知悉。我们起床前，猫和狗也还酣睡在梦乡里，鸟儿中流传着这个信息。觅食者，譬如蚂蚁，发现蜜罐回到巢穴时，都渴望亲自去看看，品尝，舔舔吸吸。它们的国家非常贫瘠，既已收集了战利品，现在这片处女地对它们具有强烈的诱惑力。那些了解鸟类精神的人都很清楚，我们只要不再视鸟为敌，就会改变鸟儿们害羞的习气，让它们三五成群地围着我们嬉戏。它们不仅会活跃在果园、小树林和花园步道，甚至会出现在我们的房子里。欧亚鸲，一种"红胸脯"小鸟，就餐时间就会赶去那里吃面包屑，陪坐的还有许多燕雀科侍卫。鹪鹩也会在那里，为寻找美味，扒尘，扫角，飞檐走壁。它知道这只聪明的鹪鹩，"蜘蛛牵着她的手，踟蹰于国王的宫殿里"。它从一个房间游荡到另一个房间，倾泻出许多抒情诗，洋洋洒洒、滔滔不绝——在我们幽静的室内发出狂野和欢乐的声音，向我们的心灵传达永恒的大自然的旨意。

谁不喜欢鸟？然而，我们当中能从自然历史书中找到乐趣的人很少！这只活生生的鸟，仔细地观察，对我们的存在丝毫不怕。它比所有文字都更加引人入胜，它自然地快乐逍遥，它灿烂地活蹦乱跳，它的动作如此迅速、真实，又如此优雅、老到，比书中的描写更令人心旷神怡、乐陶陶。即使不考虑旋律，如果让鸟类来扮演大自然为它们设计的角色，如果它们是"有翼守护者"为我们守护着花园、房子和田地，那将为我们的家园增添多么大的魅力。鸟类传记总是尘封在我们的书柜里，鸟类形态在东西方装饰艺术中却随处可见，不会缺席，因为它的空中之美在自然界无与伦比。然而可惜，除了那些不幸被关入鸟笼的鸟儿外，活着的鸟儿并没有和我们在一起。

欧亚鸲笼子里遭禁闭，惹得天怒人怨，寰宇生气。

先知和诗人布莱克①曾经吟诵《欧亚鸲》，我从中读到了每一个羽毛生物被赋予非凡的飞行能力。它们野性十足，热爱自己的自由自在和安全栖息，在花园的尽头或最近的小树林里保持一定的距离，在栖木上注视着我们的行动，保持着高度的警惕，总是等待着被我们鼓励，等待着吃我们餐桌上浪费而掉下来的糕点屑、面包皮，还要吃我们周围的害虫——那些虫成千上万地繁衍生息。

---

①威廉·布莱克（1757—1827），英国第一位重要的浪漫主义诗人、版画家，虔诚的基督教徒，主要作品有诗集《纯真之歌》《经验之歌》等。——译注

第四章　鹰和金丝雀

　　一个工作日的早晨，我跟随一伙衣着讲究的群体，很快来到一个大教堂或小教堂里，愉快地花了一个小时，聆听一位伟人在讲坛上雄辩滔滔、宣讲教义。他阐述天才，但教本里没有提出这个主题，也与他论述的其他部分没有任何密切的联系。这简直是离题万里，而在我看来，是一个非常令人愉快的离题。他首先谈到了我们或多或少都受到的限制，那些注定要实现却从未实现的愿望，却被生命的短暂所嘲弄嬉戏。正是在这一点上，他很可能想到了自己讲道的轨迹——他转向了天才的话题，并进而表明，一个拥有这种神圣品质的人，发现生存是一件比普通人悲惨得多的事，因为他的抱负比其他人的抱负崇高得多，所以在他的情况下，他的理想与现实之间的差别就相应大得离奇。这是显而易见的，几乎是老生常谈、自明之理。但他让听众明白易懂所举的例证，无疑是出自想象的诗意。

　　他把普通人的生活比作金丝雀关在笼子里。至此，他放下了他那高傲的说教式姿态和语气。如果我可以创造一个词来记叙，他缩小他那低沉、洪亮的声音，变为一种芦笛般尖细的高音，模仿着纤薄的风管乐器，继续用活泼的语言、快速的语调、轻快的动作和适当的手势，来描述那个关在镀金笼子里的柠檬色的小管家。哦，他叫道，它的生活是多么明亮，多么忙碌，有那么多事情要占用它的时间，耗费它的体力！它跳得多快啊，从一根栖木跳到另一根栖木，然后跳下了地，又从地板跳到另一根栖木上站立！它是多么频繁地降落下来品尝盒子里的种子，或者把种子撒在周围，就如天降阵雨滋润土地！奇怪的是，它那明亮的眼睛左顾右盼、百般挑剔，万分警惕，倾听着每一个新的声音，注视着每一个看得见的物体！它必须唱歌、哼曲，叽叽喳喳，东跳西跃，左落右起，洋洋得意地吃喝玩乐、梳翅理冠，每分钟至少要完成十几件不同的事情。它的时间被如此完满地占用，以至于限制它的狭窄界线几乎被忘记——那些铁丝把它与大千世界相隔离，外面有风吹叶动的树林、蔚蓝天际的空气，而且那自由自在、潇洒飘逸的生活正好适合它的本能和能力。唉！这一切再也不属于它自己。所有这些听起来都很真实，也很美丽，观众的每一张脸上都浮现微笑，喜气洋溢。

接着，急促的动作和手势戛然而止，演讲者沉默无声。他威严的粗糙面容蒙上了一层乌云，他站了起来，左右摇晃着全身，抖动着黑色的长袍，举起双臂，就像一只大鸟撑起它的羽翎，臂起臂落了两三次，然后发出的语调深沉而有分寸，似乎表达了绝望和愤懑："然而，你们是否见过笼子里的鹰？"对比的效果，巨大又鲜明。他又摇了摇身子，并让臂起臂落的动作重复进行，临时摆出那种鹰式懒洋洋的奇特造型。在我们面前站着一只大而有力的猛禽，我们在动物园里见过它的身影，它正睁大着那双深邃而凄凉的眼睛，透过我们看向远方，并撩起它黑色的羽毛，举起它沉重的羽翎，仿佛蔑视大地，结果又掉了下来，发出长长的凄惨的叫声，似乎在强烈地抗议一种野蛮的命运。

接着，他继续告诉我们，这只硕大的猛禽既已被囚禁，就得度过绝望的余生。他那威严而粗糙的面容、深沉的低音，以及气势恢宏的多义词很适合表现他的主题，使他的描述在我们的脑海里浮现出一幅图景，那景象似乎是永远不会被鸟类学家遗忘，壮丽而又阴森。显而易见，他的这一部分论述被毫无疑问地证明，极受绝大多数听众的欢迎。他们已被触及灵魂深处，察觉到了他所说的那样一点微光神性，甚或不止神性的一点微弱光明。而这种神性对他们来说却是不幸，没有被整个世界所认清。因而此刻，他正在致辞给一群被俘虏的鹰，所有鹰都听得精神振奋，内心里搅乱羽毛，拍打羽翎，发出尖厉的愤怒吼声，为它们命运的不公极力抗争。

这图景之所以让我高兴，是因为我是一个研究鸟类生活的学生。这两种截然不同的物种在被剥夺自由时的对比非常真实，自然给我的印象很深。当然，这场景本身也是无以复加地栩栩如生。因为毫无疑问，我们残暴地使用自己所拥有的力量，施加苦难给上帝所造的生物，同时被我们囚禁的雀鸟所处的环境剧变，这两种暴力的程度恰成正比，一样的恶贯满盈。金丝雀和鹰以其生活方式而论，或多或少都是空中飞人，拥有无限的动能，但让它们与自然隔绝，无论哪种情况都无异于谋财害命。

就其自由的自然生活而言，小鸟关在笼子里受到的限制要比大鸟少。它小巧玲珑，栖息片刻也不安稳，多动症似的习惯总不安分，使它适合于持续的活动。它在栅栏里活跃地生活，轻快地飞行，有一点类似于生活在自然的状态，若不奢望无限制的飞翔，它的生活也算是处于自然的环境。再说，它活泼、好奇、易被感动的本性，在许多方面也让它身陷缧绁且捷足先登，任何接近它的事物或物体传出的每一个新的景象、每一个新的声音、每一个动作，无论多么轻微，可以说，都给它提供了一些值得思忖的东西。它还有个优点，是发音多样并富有音乐性。鸟类的发声器官非常发达，频繁练习歌唱能力，无疑会对发音系统产生反应，对保持"囚犯"的健康和快乐有益无害。

另一方面，鹰由于其身体结构和体形，它确实是一个"囚犯"，必须忍受煎熬——其拥有的极佳能力和一次又一次被压制住的野性。你可以用肉块让它狼吞虎咽，直到它的肚子大叫"够了"，但如何伺候其他所有由胃供养的器官及其相关功能？每一根骨头、每一块肌肉、每一丝纤维、每一撮羽毛和每一片鳞，都是本能，都具有一种你无法满足的本领，就像一种饥饿的永恒。拴住它的脚，或者把它置于五十英尺宽的笼中囚禁，无论哪种情况，它都一样伤心。被稀薄的冷空气笼罩的田野无边无垠，它在那里乘风而上，越过云层，展翅翱翔，拍翼欢腾，仅此一项就可以为它提供自由的空间，让它的力量和无限能量得以充分展示，无尽发挥。它不仅具有飞行的能力，还具有一种视野，能扫视广阔无垠，其察觉远处物体的能力，对近视眼来说几乎是不可思议，难以置信。毫无疑问，鹰和人一样也具有一定的适应能力，否则，它们就会在被迫的不活动中丧命，会吞下我们给予的冰冷粗糙的肉糜，尽管并不饥饿，还会吸入体内消化，尽管并不兴奋。一个人虽然四肢瘫痪，听力丧失，但仍然可以生存，甚至还聊以自慰地高兴。在我看来，这就好比鹰被剥夺了自由，丧失了飞行、视觉和捕食的本能。

当我坐在那里写下这些想法时,我面前桌子上有一个笼子放得好安稳,里面有四只金丝雀。我不禁祝贺这些"小囚犯"相对幸福的命运,因为它们毕竟出生了,或者说被孵出来——来到世间的是雀而不是鹰。然而,尽管我对它们所受到的约束并无责任,也不是它们的主人,因为我只是这间屋子的一个访客,但我对它们的状况感到心神不宁,这种感觉夹杂着一种羞耻感或内疚感,好像做了一件不公正的事情,而我却袖手旁观,等同默认。不是我干的,是我们干的。我记得马修·阿诺德①对他死去的金丝雀写的感言《可怜的马蒂亚斯》,兹援引如下:

　　可怜小鸟尸骨凉,让我痛苦惧造访。
　　卿之伙伴仍居此,我们一起度时光。
　　我知它们何时喜,我知它们会悲伤。
　　同情可感可表露,无论福至或祸降。
　　还有伙伴未知晓,居住不远无依傍。
　　上穷碧落下黄泉,人鸟两处皆无望。
　　天生善良我自豪,赞卿羽翼问安详。
　　羽装绒饰卿心胸,隐情秘史深掩藏。
　　鸟各有志怀情感,人难猜透其所想。

　　这是一首很好的诗歌,但并不完全符合我的情况,我的"惧造访"在起源和性质上与诗人的显然不一样。他——马修·阿诺德

---

① 马修·阿诺德(1822—1888),英国诗人、评论家,系拉格比公学校长、托马斯·阿诺德之子,曾任牛津大学诗学教授。——译注

被囚禁的金丝雀

是诗人，写下了许多优美的诗篇，很值得我珍视、欣赏。但他不是博物学家，任何人都不可能无所不能，样样在行。而我，一个博物学家认为，这些挤满了小羽毛惴惴不安的心中愿望，并非完全无法沟通，故并不像吟唱《可怜的马蒂亚斯》的哀悼者想象的那样。我认为经常与我的羽毛朋友们友好交往，以此度过岁月并没有白白浪费我的时光，因此我不能缩小我的灵魂，就像传教士不会压低其声音一样，我要让灵魂与它们沟通，建立某种通道以利灵来魂往。故我想到只要比大多数人多一点对鸟类的了解，多一点对它们的体谅——说到正义，我还不是那么苛刻吧——多花点时间和精力去注意它们的需要和愿望，也许就可以消除这种求全责备，也就不会让人想起我那过于挑剔的天良。我不辞辛劳地在给小俘虏们所吃的这些种子上添加点什么花样。因为我们把甜食给那些孩子，而他们却哭喊着要月亮，两者不可兼得，这通常是一种有益的选择，除此之外没别的办法可想。

我们中的任何一个人，甚至一位哲学家，都认为很难仅仅局限于干面包这一种食粮。但与我们无知或不加考虑地施惩罚于被关押于笼子的动物——我们的宠物——相比，这样的惩罚实在是微不足道小事一桩。小事一桩，因为从整个蔬菜王国中提取的几乎无限的各色味道——每一种饮食都有上百样味道，满足我们巨型哺乳动物的天性，又是小小野鸟生存的简陋条件，也至关紧要地保障着它们的安康、幸福和吉祥。因此，为了弥补这个缺陷，我去花园里采来种植的形形色色的青草、辛辣的嫩芽和叶子，装饰笼子，变换模样，直到它看起来不像监狱，而是更与凉亭相像。持续了一个多小时，这些小家伙一直在为自己的各种各样的绿色食物而奔忙，每一只鸟儿每分钟都要品尝五六片不同的叶子，并且跳来跳去与同伴们交换地方，还不时地用其明亮的小眼睛瞟一眼，用金丝雀的谈话语调相互祝贺，说长道短。它们的语言并非完全不可翻译。我听一只纯黄色的美鸟拿腔拿调，它对待别的鸟时有点像个小霸王。它说，或者好像在说："这很好，我喜欢，只是老叶子硬邦邦，花蕾还可更漂亮。这些肯定不是很好，我愿把它们品尝品尝，是出于对大自然的赞美，尽管它们吃起来并不怎么样……"不，这不是我自己说的话，乃由梭罗所讲，也许是这只小鸟唯一赞同引用的人类辞章。"这绝对是苦涩，但没错，它确实留下了快感在味觉上。在那里给我腾出空间来，要不我就为你腾出地方，让我再尝尝。是的，我想我还记得很久很久以前，在那样的生活状态下吃过这样的食粮。"

如此反复，如此等等，直到我开始想象整件事情都已解决，那种不舒服的感觉不会再把我折腾。但以它们吞食绿色食物的速度，再过一个小时就会一片叶子都不剩下，甚至一根茎。然后呢？它们就会被笼子的裸露铁丝围起自身，受到保护，免受猫的伤害，饥饿了，盒子里会有种子给它们嚼吞。毕竟我所能做的实在太少，但我自信，倘若它们是我的，我应该担起更多的责任。我从来没有养过鸟，但如果受赠，我不会拒绝它们，会为它们做更多的事情。

我对它们的生活方式和要求的所有了解，教会了我如何使它们在笼子里生存，既不像过去那样自然潇洒，也不同于现在这样受困拘谨。为了开始改善过程，我会把它们放在一个大笼子里，大到可以腾出足够的空间来飞行，这样它们就可以来回飞翔，每飞几英尺就让它们稍停，让其纤纤小脚得以休整。这将使它们能够锻炼其最重要的肌肉，并再次体验在虚空中随意滑翔的古老的美妙感觉，尽管是在非常有限的程度上身体力行。扎牢其新笼子的丝线是黄铜的，或用一些明亮的金属做成，木制的部分和歇脚处是绿色的，可以是漆成绿色，或是棕、灰色混合于绿色的杂陈，屋顶上挂着玻璃的光泽，摇曳着并闪烁着紫罗兰色、红色和黄色的斑驳光影，使这些鲜艳色彩的小情人欢欣鼓舞，因为我相信它们有此雅兴。我还会加上灿烂的花朵和浆果——番红花、毛茛、蒲公英、山楂、蔷薇果、花楸，黄色和猩红色的叶子，所有这些都来自果园和花园、树篱和树林，都是珍宝，应合时令。

接着就是我最重要的任务，即满足它们对食物口味的不断渴望求新，满足它们喜好食物品种的无穷无尽。我会去伦敦的大种植者那里购买土里所有种植的种子样品，不要像对待大型的家畜那样，把食物放入饮料槽或秣马盆，而是把做饲料的种子混合在一起，撒播在笼子宽阔的地板上，让鸟儿们寻觅于那里的沙堆、草皮、砾石层，为找到食物备感高兴。在更高处，它们住所的丝线上悬挂着各种各样做种子的草，以及形形色色的植物，尤其是树林，有好的坏的，以及不好不坏的、平庸中等的。如果这只活泼顽皮的鸟儿每天要吃二十多道菜，那么它就喜欢拿上百道品一品，餐桌上就得摆放上千道菜供它挑剔选优，精中择精。

喂养鸟雀，并保持笼子总是舒服干净，即使没有占用我的全部时间，也占去了很大部分。但这若能让我心平静，是否算奢求过分？因为必须澄清，我所做的一切，无论是表达于书面，抑或默念于心灵，都是为了满足我自己，而不是为了满足金丝雀等鸟儿们。鸟对我们来说几无价值。五只麻雀不就是仅卖三便士？我甚至射杀过许多鸟，也没有感到内疚。诚然，它们的好日子还没有到就已灭亡殆尽，但它们并没有衰败，一死百了，了结余生。然而，那些关在笼子里的金丝雀继续陪伴着我们，同样不会轻而易举地从我们脑海中消失干净。毕竟，我开始认为，我想象中的改革如果付诸实施，我不会很满意。"惧造访"仍旧继续不停。我向窗外望去，看见一只麻雀在隔壁的树上叽叽喳喳地叫得好大声。我凝神谛听，试图以察觉其周围的危险来寻求安慰，而它却毫不在意，漫不经心，将自己原本不合惯例的麻雀音乐变成了清晰的话语，间或夹杂着一阵阵嘲弄的笑声。

　　认识到我的错误，我应该打开笼子让它们远走高飞。即使到死，我也应该让它们任意起飞，因为这样才能首先尝到自由的滋味。而生活没有了这种甜美的味道，无论是天空中的飞鸟，还是被困地上的人类，都是无价值地活着，活得好累。

第五章 雄鸡

九月间,在伦敦最宜人的郊区之一,即距离萨里山不远的地方,我在高地上一所房子里待了几天,那里树木繁茂,微风荡漾,俯瞰美景令人心旷神怡,从四面八方的每一扇窗户,无论是正面还是背面,都能看到一片绿意盎然的景象,几乎遮住了邻近的房屋,让我很容易想象自己远在他乡。花园里到处都是家麻雀,其伙伴欧椋鸟总是那么乐观开朗,还有欧歌鸫、乌鸫、欧金翅雀、红额金翅雀、苍头燕雀、欧亚红尾鸲、鹪鹩及两种山雀与之交流来往。而且,比这些更美妙的,是从清晨到傍晚,至少有六只欧亚鸲在吟唱秋天的音符。

驯养的鸟类有代表性的是十五只家禽,明智的宽松的环境使它们有了相对自由的空间。伦敦的橱柜里最难看、最令人辛酸的骷髅,在我看来,亦即最糟糕的景象,就是后面那间不卫生的鸡舍,那里通常会有十二只不快乐的鸟儿终身蹲监仓。较幸运的是,它们有足够的空间东游西荡,无数宽大的叶子不仅可遮阴纳凉,更可让它们从中啄取绿色的毛毛虫、红色的龟形瓢虫和杂色的苍蝇,还有柔软温暖的土壤,可在那里用家禽的方式沐浴,也可在和煦的阳光下摊开翅膀,奢侈地享受一个小时的躺卧。看到它们的生活自由又健康,我并不憎恶早餐桌上新生的禽蛋,而是津津有味地吃个精光。

我说过这些家禽有十五只，五只老鸡，十只雏鸡，大小、颜色和外貌都很相像。雏鸡不是抚养它们的母鸡的后代，而是从当地养鸡户那里买来的鸡蛋孵化出的。随着年龄的增长，直到它们的青少年时期，也就是与人类男孩和女孩开始性征发育的时期相仿，它们的尾巴逐渐变长，长成了非常精致的红色梳子状。然而，这位女主人，买鸡蛋时被允诺确是好的下蛋鸡，而她也固执地相信，长长的拱形尾巴和庄严的羽冠，是这个特殊品种雄性和雌性共同的装饰。渐渐地，它们开始啼叫吟唱，先是一只，接着是两只，然后是全员大合唱，站在那儿以此作为公鸡来标榜。这类事件屡见不鲜，延续并认同了一种极其古老的观念，即可以依据蛋的形状预测未来小鸡的性别。

我个人因对养殖户未来的鸡蛋供应问题没有兴趣，所以看到雏鸡变成公鸡，并不感到遗憾怅惘。令我感兴趣的，是它们第一次试图亮嗓。小鸡似乎并不发出刺耳的声音，而是拼尽小命拧出音响，就像把植物拧出土壤，而且不得已带走了附着根上的部分肺脏。这只鸡似乎知道接下来的情况，就像一个业余牙医要拔掉他自己的一颗双尖牙，把自己的双脚牢牢地固定在地上，把自己扔回到一个假想的镜子前，脖子拱起，嘴巴大张，转动着眼睛，做着可怕的手术，一副视死如归的模样。人们不禁会想，一只没有同性别、同年龄伙伴的小公鸡是不会经常啼叫的，但遇到这种情况，它们中有十来只会互相鼓励，努力调节自己粗糙的喉嗓。随后在清晨的宁静中，我听到了这些初出茅庐的调节音响，使我产生了一些想法，这些想法可能对那些只想增加食物供应的爱好者来说，并非完全没有兴趣，他们还专注食物的挑选和精良。

继续我的叙事。我早上醒来的时间一如既往，是三点到四点。但这不是我起床的时间，因为一般来说，过了大约半个小时，我又睡着了。据我所知，醒来并不是自愿的，随意从无意识状态中走出来，似乎是自相矛盾的，难以解释，但在无数情况下，我们自愿醒来系确确实实，或是在期望的时间醒来，也许睡觉的时候并非完全无意识。然而，如果这种早醒是自愿的，我大概应该说，这是为了在那寂静的时刻，聆听公鸡亮歌喉。而此时，夜色已近尽头，是黎明前的最黑暗，神秘的生活潮流，预示着曙光迫在眉睫，并已转向通过睡眠者的静脉，越来越快地奔涌着红色的电流。

我曾在沙漠里度过许多夜晚，醒来时但见那广阔而寂静的草地上，东方天空现出第一缕白光。鹬鸵长笛般的啼鸣，夜来香的芬芳，在我看来，就像是我也参与其中的一场复活。在我的脑海里，这种感觉总是和遥远地听到"雄鸡一声天下白"的音符产生共鸣同响。

当我醒来时，天还很黑，静谧安详，我的窗户敞开着，仅有一副花边窗帘将我与外面的空气隔开成两厢。不一会儿，这深沉的寂静被打破。左手边五六十码远处传来一只公鸡的啼唱，很快又有一只公鸡在同一边应和，然后第三只公鸡的啼鸣传自再远一点的地方。右手边也有声音接受挑战，有的在近处，有的在远处，直到周围几乎没有雄鸡不栖身的住房。没有别的声响。再过不到一个钟头，麻雀们也参与进了大合唱，随意缩短或拉长，千

没有雄鸡不栖身的住房

变万化，抑扬顿挫，其中有些发出的音乐声格外响亮。这让人不禁要问，为什么这只雄鸡在自然界的地位如此之高，却从来没有为自己获得过一首固定的歌。

因为它有音乐天赋。当与一只能歌善舞的鸣鸟一起囚禁时，它有时会学习其歌声，然后是欧亚鸲，然后是山雀，然后是椋鸟，咕噜咕噜地呻吟，发出刺耳的噪声，咔嚓声、口哨声，喋喋不休，唠叨不停。接着，鸽子悠闲地呢喃细语于窗台和屋顶，时不时地突然发出噼里啪啦的尖锐的拍打声，紧跟着的是其翅膀在滑行时发出丝绸般绵长的轻柔声音。到了四点钟，公鸡们雄霸一方。不算小公鸡（还没放学），我能清晰地听到十来只鸟的叫声，也就是说，它们离我很近，我可以挑剔地倾听它们的乐音。它们发出的声音种类繁多，如果根据其音质来选择公鸡，就会发现音乐主人的品位差异十分惊人。十几只不同品种的狗，从猎猪犬到玩具梗①，其形态的差异并不大于这些公鸡的声音。因为家禽和狗一样，在家养状态下已成为一种变幻莫测的生灵，声音的变化并不亚于体重、体形、颜色及其他细节等。

在天平的一端，是笨重的交趾鸡引起的沙哑的支气管劳损。那是什么鸟啊！大自然服从人类的指令，微笑着暗讽自己的作品，使它变得粗野沉闷，就像任何肥硕的哺乳动物——袋熊、食蚁兽、海牛或河马一样笨拙。磨得锃亮的红鬃毛，像一件飘在黑色胸衣上的轻薄披风，遮掩其身，金属色镰刀状的绿羽拱在尾巴上摇曳不定，所有美丽的线条和丰富的色彩，都被饕餮者的肌肉和

---

①一种短毛小型狗。——译注

脂肪吸进。伴随着这些，它的生气和活力，它的号角声，它的敌对精神和辉煌的勇气都已消失殆尽。它是退化的红原鸡，鸡爪萎缩，大脑迟钝，嘶哑的啼叫是野蛮的呻吟。

在远处的另一端，突然传来冲动的叫声，那是三音节的啼鸣，颇让人吃惊。它是那么简短、尖厉、坚定，它只能是发自矮脚鸡，一种傲慢而暴躁的小家禽。在这三个音节中，最后一节原本最长，却成了最短的促音，"短而尖，像刺耳的燕子叫声"，甚或更像一只暴怒的小恶狗的吠声；不像乌鸦应该唱的那样，是起床号和银白色晨曲合二为一的混合声，而更像是一种挑战和挑衅，如马刺般地伤害着人的知觉、感情，使人联想到斗鸡场里的喧嚣和激愤。

如果弥尔顿知道这种啼叫的风格，那么这也许是"快板"中一个糟糕对句的原因：雄鸡发出活泼的叫声，驱散了黑暗的背影。有人说过，那首无与伦比的诗中的每一行，都在人们眼前至少呈现出一幅清晰生动的图景。我引用的这对句的第一行所展示的画面，让人瞬间想起的根本不是一个高声啼叫的吟咏者，而是一个赤裸着胳膊、满脸浮肿的健壮女人，她用棍子使劲地敲打着一只锡锅，但我一点不知道她这样做是何用心：是召唤小鸡来喂食，还是对一群经过的蜜蜂发出邀请？这只是我脑海中的一幅画面"热烈的喧闹声"。至于第二行，所有试图看到所描述事物的努力，只会给我带来云彩和阴影，以一种不可能的方式混乱地奔腾——一片混乱，完全不像宁静的早晨及其难以察觉的延伸，根本不是一幅图景。

渐渐地，我发现自己对一只雄鸡特别留神，它大约在一百码外，也许更远些。相比之下，所有能听到的别的歌曲都显得出奇地低水平。它的声音异常清晰纯净，最后一个音符大大延长，并带有轻微的降调变音，但在结束时却没有像这些长音符经常出现的那样崩溃，而是结尾有一点内在的或嘶哑的声音，好像歌手已将其呼吸用尽。然而，它的方式是完美的，表演大功告成，相比之下，艺术精彩纷呈。听到这只家禽的叫声后，我很少注意其他的鸟雀。每次响亮的叫声后，我都以秒钟计时，直到它重复叫个不停。这是今天早上的禽语，而不是别的鸟鸣，好像把我带入了梦境和幻想的氛围，我在那氛围中聆听着雄鸡报晓而生存，也让我进入了梦境和回忆，无论那是悲戚戚，抑或甜津津，浮现的都是旧时的面孔和场景，以及许多雄辩的散文和诗句，全由人们在其他更美好的日子里写成，他们对大自然比我们现在更为亲近。

当梭罗后悔在瓦尔登湖的孤寂中没有公鸡为他欢呼时，他心里也许有这样一段作文。"我想，"他说，"饲养一只会唱歌的小公鸡只是为了其音乐，或许就是价值连城。这种曾经野生的红原鸡，其叫声在所有鸟类中无疑最为著名，如果它们能在不被驯化的情况下归化自然，它很快就会发出我们森林中最为引人注耳的叫声。冬天的早晨，漫步于一片树林，那里有许多鸟儿，那里就是它们的故乡、原生林，听见野生小公鸡在树上啼鸣，清晰而尖锐，缭绕数英里。想想看！这会使国民提起戒备之心。谁不愿意早起，在他生命中每一个早晨都起得越来越早，直到他变得不可言喻的健康、富有和聪明？"

很快我就想到了一个在某些方面比梭罗更伟大的人，他不像新英格兰心胸开阔的先知和隐士，他更宽容、更平凡、更可爱、更加和蔼可亲，也像梭罗那样对大自然非常亲近。他不仅是一个丰足的葡萄酒爱好者——"酒就是印记，烙在嘴唇"——也爱书籍，"黑色和红色的封皮作装帧"，还有一切自然的景象和声音"使他的心灵充满了愉悦和欢欣"，而早起的公鸡啼叫也是他所爱的吟游技艺的一部分。也许在安静的黑暗中醒着躺卧，他倾听着这样一个乐音，构思并创作了一个关于"修女的牧师"的精彩故事。在这个故事中，雄鸡的全部特征，它的荣耀和缺点，以及帕特莱特夫人的家庭美德，都再现得淋漓尽致，令人钦敬。也许在更久以前，爱公鸡的雅典人在想象中听到了这样一个乐音，使他们对与斯巴达人无休止的战斗感到无比厌倦，并激发着他们热情渴望、久未体验的安全和安宁。

这只是我早晨的一种幻想吗？因为事实和幻想在这个寂静、神秘的时刻奇怪地交织在一起，几乎无法分辨，或许历史上曾经有过这样的离奇事：紫罗兰加冕之城城里的所有人聚集在一起，目睹了一场庄严的悲剧，其中某些诗句对他们厌战的灵魂有何奇怪的意义？"那些人早晨睡在和平的怀抱里，并非听到号角声就早起，除了公鸡平和的啼叫，没有什么能打断他们的睡眠休憩。"听到这些话，所有人都惊讶得呆若木鸡，像一个人似的唰地全部站了起来，从成千上万的嘴里发出响彻天际的呼喊："和平！和平！让我们与斯巴达结下友谊！"

听！那悠长的号角又一次响起：这是最后一次，也是最后的时机，因为其他人都唱了十几遍，又进入了睡梦里。这个人也会这么做，但是雄鸡，就像人类中的游吟诗人一样，都是虚荣的动物，向好看齐。某个好管闲事的仙女在它耳边悄声说，旁边有一个听众颇具鉴赏力。因此为了取悦我，它唱了起来，只多唱了一段曲。

在黑暗中躺着倾听，我觉得声音中混合着两种相反的旋律，其效果类似于黄昏时的阴影与清纯的光线相互混迹。首先，这首歌有力而清晰，充满自信和自由，非常适合雄鸡的性情和脾气。一种雄壮轻快的曲调，不是唱在云际，也不是唱在天地中间的高处，而是唱在土壤上，脚踏实地，这是与沃尔特·惠特曼《小树林》的诗韵相比，与布莱克、雪莱、爱伦·坡那些真正启发孩子的诗歌相比。世俗的，但并非渴望，也没有敌意，相反，悠闲、平和，甚至虚幻如梦呓，带着一点柔情，这使它与真正歌手更空灵的音调联系紧密。这是我所说的第二个特征，赋予了这首曲子一种魅力，使它听起来比其他曲子更好、更神奇。这在一定程度上是距离的作用，它使声音变得柔和清晰，就像距离给目光所及的事物以轮廓似的模糊和蔚蓝色的飘逸。对于本身美丽的物体，在优美的线条、和谐的比例及色彩方面，朦胧赋予了额外的雅致瑰丽，但它并不能使本身丑陋的物体变得美丽，丑陋的方形房屋就是一例。因此，在距离对声音的空灵效应里，当一个响亮的声音，譬如一只雄赳赳、气昂昂的公鸡的啼鸣，于一百码远外变得梦幻而温柔时，必须有良好的音乐元素位列第一。我并没有从其他鸟儿的叫声中注意到这种梦幻，有些鸟儿鸣叫于同样的距离，有些鸟儿则在更远的地方啼鸣。自然界的所有音乐在远处听效果最佳，所谓天籁之音美妙至极，就像敲击的编钟、奏乐的长笛、狂乱吹响的风笛，因为在人造的乐音中，这些音响最接近大自然发出的声息。欧歌鸫的"尖厉"必须被距离所软化，才能有魅力；云雀在近旁时，尖厉、粗糙的声音几乎不讨人欢喜，它得爬高，你才能欣赏它歌唱的成绩。我不建议任何人为了音乐而把一只笼中雄鸡放在书房里，因为它在此的叫声从未让人心旷神怡。

回过头来说那十只小公鸡，它们不常啼叫，起初我也很少留意。过了几天，我注意到其中一只很快就获得了成鸟清晰有力的声音品系。与我刚才描述的那个优美旋律相比，它虽然仍是颤颤巍巍，似乎有气无力，但在形状上颇为相似，当它的同胞们还像开始那样发出短暂而刺耳的尖叫声时，变化发生了。很可能，在种类繁多的地方，家禽和人类在青少年时期的多样性上是一样的，不同的祖先特征出现在同一家族的不同成员身上。这只雄鸡显然是音协会会员，承诺会在短时间内与其邻居竞争较量。听说要留下一只雄鸡来养育后代，我就开始好奇这位优秀的歌唱家在这场抽彩中会否中奖，即奖给它寿命与淑慎的女眷。它的音乐生涯很可能会因其早逝而中断，这十只鸡在其他方面也相仿，我完全可以肯定，它的优质音符在天平上无足轻重。

声音的特征何时对一个发烧友的选择施加了影响？我从不相信有影响，虽然看起来很荒唐。我读过一本关于各种家禽的巨著，但书中没有提到雄鸡的鸣唱。如果发烧友们总是只注重实用性，其最高准则仅仅局限于肉的大小、重量和质量，以及早熟、耐受和鸡蛋数量，这就不会显得那么奇怪了。但事实并非如此。他们像其他人一样，拥有对美丽的追求，他们的标准有时显得装模作样，有一些品种似乎以美为主要目标，譬如铅笔类型和金盘银碟的花样闪光。

然而，除了美丽的羽毛外，这种家禽还有其他一些值得通过选择加以改进的地方。其中之一就是雄鸟的好斗精神和非凡勇气，依靠人类几千年来的培养。但当今国外有一种谴责斗鸡的潮流，仅仅为了比赛得分而继续挑选、繁殖公鸡，似乎只是徒劳无功。在这方面花费的精力和热情，将更好地用于提高鸟的发声能量。"雄鸡一声天下白"是自然界独特的声音，在所有天籁之音中又是最普遍的音响。"所有气候都适合勇猛的雄鸡，它甚至比当地人还土生土长。它的肺很健康，它的精神从不萎靡，它的身体一直优良。"在从未见过孔雀、雁和火鸡的部落里，它是宠物鸟，有福尽享。

在热带国家，狗变成了哑巴，或退化成只会咆哮，而它的号角从不生锈失常。诚然，它在炎热地区的摇篮里成长，但在西部土地上，它"抖落了粉状的雪"，伸展开充满活力的翅膀，它的声音听起来像在热带丛林中一样响亮，让人心情激荡。面色苍白的伦敦人、黑人及古铜色或彩绘的野蛮人闻鸡起舞，全世界所有人听见"平和的雄鸡啼叫声"，于早上醒来，就像雅典人和更古老的民族如时醒来一样。因此并不奇怪，这首歌比自然界任何其他声音更能使人产生联想。

然而，除了引起我们注意的任何偶然要求之外，声音本身有其内在的优点，令人愉悦。就此而言，我们的其他家禽与之相比，不算是幸运。我们听到了火鸡的狼吞虎咽声，珠鸡嘶哑单调的叫唤声，孔雀和雁的尖叫声，绿头鸭和疣鼻栖鸭的嘎嘎声、嘶嘶声及呼哧声。在这些声音之上，是雄鸡响亮、有力、胜利的呼唤声，正如在巴西森林中鹦鹉和巨嘴鸟的尖叫和叽喳声之上，是钟伞鸟影响深远的哀鸣声。一种美妙的声音，尽管经历了许多气候的变化和漫长岁月的驯化，仍然保留着森林里的野性特征，这给许多森林鸟类的鸟语带来了巨大的魅力。正如我们所见，这是易变的，在某些人为的干预中，它已经退化为听起来令人不快的粗糙声音，然而很明显，从美学的角度来看，一个美丽品种已改进的声音会使鸟的价值倍增。

现在的情况，是好声音只占极少数。人工繁育动物中的一些坏声音，比如梵罗摩犬和科钦犬的声音迥异于其原始类型，也许是无法医治的，就像食腐乌鸦的声音，尽管解剖学家在它身上发现了其发出乐音的歌喉，但它可能总是会发出刺耳的叫声。我们只会听想听的鸟叫声，并开始试验那些已经拥有优美的音符和高质量的声音。任何情况下我们都不能容忍雄鸡的啼叫，我不会粗鲁到未向我们中的那些人道歉就下结论。诚然，我并没有完全忽视他们的喜好。我在许多地方都坦率地承认，雄鸡并不总是讨人喜欢，而且还有很多方面需要改进。但如果他们走得更远，如果在这个圆地球上没有一只雄鸡，无其声音激怒他们，那么我就考虑得不够周到，还有一些是由于他们的感情，且这玩意儿非常灵敏。这些敏感的人中可能有一个会拿起我的书，被书名所吸引，深入研究这一页，希望从中找到一个有效地堵住这讨厌的鸟嘴的建议，并切实可行。唯一符合这种人关于改进雄鸡啼叫的看法，就是把这种自然的音乐改进得举世无存。拙著自然会让他失望；他会为作者的错误观点而痛心。我希望他的情绪不会变得更激烈，情感不会变得更灵敏。

我曾听到过一个平素温文尔雅的人，控告一个邻居养了一只叫鸡的罪行，那控告的言辞肆无忌惮，态度横行霸道。如果雄鸡是个沉默的，不会打鸣，那就不一样了：他几乎不知道自己有这么一个芳邻。这个问题非常严重，甚至令人悲伤痛心。萨利先生坚持认为，随着文明的进步，随着我们越来越聪明，所有噪声只会取悦孩子和野蛮人，使他们幼稚和粗糙的大脑兴奋，却使我们变得越来越不能容忍。我们是多么不幸的生灵！我们已经有了漂亮的拨浪鼓，现在却害怕它发出噪声，担心会吵死我们。但什么是噪声？这种特别的声音会产生锈钉子插进大脑的效果，对此观点，有哪两个高智商的人会赞成？医生不断地发现神经疾病的新形式，致病的原因是我们现代生活无休无止的匆忙、忧虑和亢奋。也许有一种形式，即自然的声音、天籁之音应该是令人赏心悦目，或至少是无辜的，却变得越来越可恨可憎。这是医学期刊关注的问题，而且在某种程度上，为那些努力预测未来的人所关心。幸运的是，我们所有疾病，如果不杀死我们，迟早都会被抛弃干净。我们可以愉快地期待着这样一个时刻：我们精致的和弦深植于内心，将不再被迫胡摇乱震，"像悦耳的钟声那样走调，格格不入"于自然界的任何声音，雄鸡平和的啼声将不再吵搅早起人的神经。因为，无论我们的城市文明面临怎样的命运，勇敢的雄鸡，无论是否改善其嗓音，无疑仍将与我们同生共存。

第六章　古老的花园

　　六月里一个阳光明媚的早上，大部分色调素净的日子里难得的一天金黄。一座大花园，远处没有看得见的大屋小房，只有绿油油的田野和未修剪的树篱，橡、梣及榆等组成的参天树林寂无声响。此刻，我还能希望有一个更舒适的安身之处吗？甚或还能想象出一个更接近我心目中的人间天堂吗？

　　确曾有一次，我无法从野性大自然的甘苦杯汁中汲取足够的营养，我最爱大自然，欣欣然寻觅它于最荒凉、最孤寂的地方。但那是很久以前的事了。在伦敦生活了多年之后，我像其他许多人一样，努力地"弄一张苍白的脸"，也许还有一颗苍白的心与其相得益彰。现今，过去的野性被证明是一种太强有力的敏锐补药，纯朴的自然会使我感受到压迫和惊慌，因为它的粗野荒芜不再是熟悉的模样。耕作良好的土地柔和松软，绿叶青翠遮阴凉爽，花色混杂组合和谐，最好调适我精疲力竭的现状。我想象能在夏季炎热的大平原上信马由缰，我的皮肤会更黝黑，肌肉也会更结实，因为那里没有一丛灌木——我觉得我的旅途很舒畅。万里无云的天空和垂直照射的太阳，现在看来是多么难以忍受，它把我的大脑灼伤，使我闭上的眼睛也充满了火焰的跳荡！

现时，即使是这温和的六月阳光，也足以使草坪上的老桑树感恩戴德，热泪盈眶。这是一棵树皮粗糙的古木，宽阔的树枝低垂四旁，枝端的叶子亲吻草场，大树下面是一个天然的帐篷或亭子，有足够的空间移铺吊床。此时此地，我选择在这里度过我黄金一天里最热的几个小时，读书，做梦，间或倾听雀鸟美妙的歌唱，这有助于恢复我受到冲击的感官并为受害的心灵疗伤。近旁的榆树上，几只麻雀交头接耳地说长道短。这是相当令人愉快的，有点像鸟曲更优美的低声伴奏，多弦乐器奏出如泣如诉般的乐音，形成了模糊的地面，上面是锦缎般的歌声，轻盈飘逸，清脆悠扬。

这天早晨，从四点到五点，我卧床不起，却已睡醒，几乎对麻雀恨得要命。它们成群结队地飞来飞去，从开着的窗户传入的是它们非常大声的、吵嚷不停的刺耳声。这使我想到了英国的未来，比方说，一百年后的英伦，那时候我们将只剩下野蛮生活的两个代表——家麻雀和家蝇。毫无疑问，这一天会来的，除非发生什么事情；但也毫无疑问，这样的情形不会持续长久。彼时的运动爱好者，就像旧时伟大的甘贝塔一样，会坐在阳台和屋顶，拿着小型来复枪向麻雀射击，直到没有一只留下来叽叽喳喳。然后，未经驯服的和不可驯服的苍蝇就来了——用精致的针尖纸标枪扔过去，把它牢牢地钉在墙壁上，那游戏玩得有多开心。

我们的一位学者最近预言，会有一天，只有微生物才能满足人类的狩猎本能。但他没有告诉我们，如何捕获这些小生灵。也许是猎人们围绕一张桌子站着，一滴保存下来的水置于桌子中心，通过一道放大的光线使水滴变得大大的又亮晶晶。等到这一刻来临，变形虫会失去其不朽的生命力。它曾被一位不入流的季刊评论员称为"流浪的犹太人"，而活泼的轮虫，会成为追猎它的无限细小的明矢亮箭的牺牲品。对那些祖先是旧石器时代的人来说，这是一个奇特的采石坪，其祖辈猎杀毛茸茸的乳齿象、双角犀及剑齿虎们！但对运动爱好者来说，那个因小事而悲伤的日子并不近，其距离之长，甚至遥远得不可测评。

或在我看来，我一个小时前在花园里缓步而行，好奇地窥视着每一丛灌木，想找到大量可见的、相对高贵的昆虫生命。那里的甲虫颜色各异，坚硬、光亮、圆润，像海滩上的卵石，被海水侵蚀打磨。还有一些在当地被称为瓢虫的，被绑在一起，像乔叟①喜欢的黑色和红色的书一样。这只镀金的小苍蝇，一只轻佻的昆虫，一个爱慕虚荣的信徒，恰像史前时代一个白发苍苍的老国王，因摘了冕如狂似疯，痛斥着大自然的自由自在。绘几何图形的蜘蛛孤零零地坐在那里，等待着迎接这个反复无常的情人（带着虚伪），这是坚忍的肖像和化身，不是矗立在纪念碑上，而是悬挂于一个小轮，它自己就是这个轮子的中心。银色辐条从它那宝石般圆润的身躯上放射出来，还有一圈套一圈的同心圆，都是如此超凡的精细制品，像快速的旋转运动，使它让人根本看不清。

微型豪猪似的毛毛虫也大量出现，有的尾部长着波状的刺，

---

①杰弗雷·乔叟（1343—1400），英国小说家、诗人，主要作品有小说集《坎特伯雷故事集》等。——译注

有些在出生时就赤身裸体。这个被称为"地球测量师"①的微细家伙为了逃避检测,把自己喝得绿油油的,几乎让人看不见。徒劳的预防,无效的保险!由于其古怪的动作暴露给了敏锐的鸟眼,当它像旅行者蛇一样竖起尾端,忸怩摇摆于空旷的空间,模糊地感觉到什么东西时,它不知道那是什么。还有呆板的卷蛾,卷起一片叶子,既当食物又作衣衫,它蚕食自己的围栏和庇护所,直到把自己吃得一丝不挂,之后再卷起第二片叶子,以此类推。因此,它的幼体就象征着某个躁动不安的国家,相继制定了许多宪法和政府形式,却没有一个维持长久。但后来,当它静止不动地休息,稳如石棺时,某种更高的东西来了,包裹着的生命隐约萦绕于暮色间——一只灰色蝙蝠蛾出现了。卷起的叶子没有尽头,各种各样的生物住在叶片里间。正如各个地方、各个时代的"人类昆虫部落"寻求改善自身的条件,都会独立地想出相同的发明和手段。这些六条腿的小家伙也是如此,且许多地方的许多物种都发现了绿色圆筒很舒适,够安全。

我打开的叶子太多了,终于对这个过程产生厌倦,就像邮递员给我带来了太多的信件。但最后打开的一件活生生的东西,给了我富有启发的指点:有些昆虫不能为自己做个圆筒,它们既没有胶,也没有网来固定圆筒,但它们总会找到别人做的圆筒来庇护自己。这里有不少于六个不漂亮的生物,兄弟姐妹齐全,乃由其蠼螋父母坐在卵上孵化出来,就像鹰、鸽子或燕子一样,或更美妙的,就像鹈鹕。因为后来,它不是也用自己的生命汁液养儿育女于摇篮?虽不美丽,但有一种比紫闪蛱蝶、天使般的蓝闪蝶

---

①尺蛾的幼虫尺蠖,行动时身体一曲一伸,好似在丈量大地一样。——译注

和阔翅的鸟翼凤蝶更高贵的荣耀，这使一位杰出的旅行家看到它无比的可爱而欣喜若狂。

杜莫瑞尔画了一幅画，一个小女孩在花园里，凝视着两只蠼螋，它们在茎上奔跑得正欢。"我想，"她疑惑地向妈妈试探，"这就是蠼螋先生和太太吗？"当得到肯定的回答时，她不由得惊喊："它们互相看到了对方身上有什么特点？"它们看到的是蓝色血液，或是昆虫学中与之相关的东西。这蠼螋的光泽算得上是一件古玩。它很早就生存于地球上了，甚至在颜色出现之前。色泽是古老的，尽管没有大自然无意识的唯美主义那么古老久远，而唯美主义在有机世界中首先表现为形式的美轮美奂。像雨燕一样大的巨型蜉蝣，已经很久没有在广阔的沼泽地和古老的蕨类林空中云舞。某个漆黑的夜晚，一缕明亮的磷火升起来，飘在羽毛般柔软的树叶上巅，无数的蜉蝣被光芒所吸引，围绕着叶子旋转，形成一个神秘的巨大轮子，似蒙蒙白雾，又闪闪发光，还染着棱镜状的五色六颜。漂浮的轮子和火焰只有星星才能看见，看见的还有巨大的鳞片怪物，它们睁大着清醒的眼睛，静静地躺在黑水的下面。尽管如此，它们仍然非常美丽亮眼。即使在那时，谦逊的蠼螋也已很早就在地球上出现，其古老得可以追溯到蝎子占据大地的年代。那个年代非常遥远，蠼螋曾教蝎子用没有刺的尾巴吓唬敌人，那条古怪而又古老的小尾巴仍然没有忘记它的诡诈。

无论是古代还是现代，由于数量上的优势，比花园里所有居民都要强大的，是那些没有翅膀的小不点。它们在每一根绿茎和每一片绿叶下都有聚居地。

这些是天上的汗水或星星的唾液的真正产生者，年轻的普林尼①曾就这点写得很有学问。它们有许多部落——绿色、紫色、棕色及褐黄色，但所有的都是一个虫族，在公正的上帝面前，它们是神圣的。卡利亚水仙女对它们的爱，虽然不很明智，但爱得太深沉。尽管它们出自远古联姻，却既不娶也不嫁，但能生养众多如繁星，以至一个（不是两个）可以在一个季节里生出十亿。最后当秋天来临时，它们从冷酷的神那里争回了热情的母亲。它们懂得了爱情和婚姻，然后像所有已婚者一样死去。这些是蚜虫，有时被不恰当地称为植物虱子，也被无知的人模糊地称为"枯萎病"。它们靠蔬菜汁为食，蔬菜汁也是血液，维持着植物的生命。这就是鸟儿飞来采集的果品。六月是大丰收的季节，比九月更丰盛。这时苹果变红了，遥远的南方土地上的葡萄被采摘酿成酒。在草坪尽头那堵灰色的墙上，即攀缘的玫瑰丛顶，现有七个饥饿的婴儿在一个小摇篮里。有人说，每个婴儿每天吃掉的昆虫食物重量相当于其自身。我倾向于相信一定是这样，同时试图计算一下山雀父母一个小时内造访鸟巢的次数——那些小山雀极大地伤害了那位好园丁！

　　根据权威资料，我们知道蜘蛛有一种"坚果味"，大多数处于幼虫期的昆虫都会成为多汁鲜美的食物，或至少是一小口就吞下的美味。眼下，这些就是深红色的樱桃、紫色和黄色的李子与红色、白色、黑色的茶藨子，以及日光抹色的桃子，它们已经成

---

① 盖尤斯·普林尼·采西利尤斯·塞孔都楠（约61—113），也被称为小普林尼，是罗马帝国的历史学家和作家。——译注

熟了，甘美化醇，等着你融入嘴唇。这让雀类和鹟类着迷，让椋鸟不由得用一种爱之吻似的声音咂了咂它们角质的喙。鸟吃什么或不吃什么，我不在乎，或者说也不评论。

面对这些活物互相争抢，又有飞鸟捕食的场景，我安之若素，亦安然无恙，即使是看起来最小的红蜘蛛（并非蜘蛛），也若无其事，那纤细的结网蛛依附在夏日飘飞的银丝上，果树上掉下来的胭脂虫飘散在轻盈的棉花，即夏天的雪花上。这些是贞女之子，是神圣的。在我的灵魂里，一个毫无必要地脚踩虫子的人，就像德·昆西①想象中的马来人一样奇怪，甚至如他那"该死的鳄鱼"似的离奇荒唐。碎石路上看到的那条遍体鳞伤、无力行走的虫子，已经落入了盗贼的布囊。这些小生命对我有益无害，我以闻到蚂蚁的酸味来增强记忆力。我知道，若把一只翻倒的金龟子放在它的腿上，我的三宗罪必蒙赦免恕谅。若能容忍蜘蛛不小心掉在我的手上或脸上，我的钱包就会神秘地得到补偿。同时我们必须记住，一般说来，那些看管小树林和花园的人并不理解这种情绪感伤。他们的头脑是无知的、朴实的，或用他们的话来说，是实际的，即有奶便是娘。他们对自然界的平衡一无所知，也不关心，也不会把生命视为神圣、至高无上。只要知道它对他们的利益或可能有害，他们就会把它一扫而光。四月过了，五月走了，七月在望，这个小东西一直在来回飞翔，发出悦耳的声音，吞食樱桃达到一定的数量，甚至不需要事先求得同意。倘若低等生物互相捕食是无辜的，那么人类不分青红皂白地毁灭它们，则更是清白无辜，可以恕谅，如果这样做能让人类心旷神怡。

---

①托马斯·德·昆西（1785—1859），英国散文家、文学批评家。——译注

与那些有毁灭能力的人探讨这样微妙的问题，只会徒劳无功，不啻对牛弹琴。如果要约束他们的手，那就不要诉诸他们所没有的感情，而应诉诸他们的低级本性——他们的贪婪成性，他们的狡猾精明。对我们其余的人来说，对于所有已经战胜或已超越了杀戮本能的人，不偏不倚地对待任何动物，既不溺爱也不迫害，无疑才是人类对待低等动物的正确态度。以上帝般的仁慈，在中立的立场站稳。对一切形式的生命都有亲和的强烈兴趣，而对其最终命运则漠不关心，既要有不会做错的柔软，也要有不容做错的坚硬。

回过头来又谈鸟模鸟样。欧椋鸟像恋人一样接吻，拍打短翅膀垂直地飞起来，想像鹰一样在云间飞翔，结果又一次回到了树上，坐在那里愉快地唠叨些闲言碎语，还不时吹出那样柔和、圆润又抑扬顿挫的口哨声，就像一个懒散的烟民从嘴里喷出一圈圈蓝色的烟香。现在它们飞去了田野，好让我听别的宣讲。

一只欧歌鸫在花园篱笆外的高树上啼鸣，比起歌声，我更感激隔开它和我之间的距离，因为它现在吟唱得不如晚上好听。那时它唱得最流利欢畅，一个听众被它的甜美和旋律所迷晕，写信给报纸糊里糊涂地说他听到了夜莺的歌声。刚才它唱的歌曲杂乱无章，由一些颠三倒四的词语拼凑而成，既不合拍，也不协调，就像在拙劣地学习低等学舌鸟的乐音。

在欧歌鸫的音乐声中，我还听到旁边草地上一个黄鹀发出的微弱又有点尖厉的声音。它来自一片广阔的紫色草丛，让我想起了在遥远的阳光灿烂的土地上，我最喜爱的一只蠡斯。啊，快乐的蠡斯！整天在茂密的树林里和高深的牧草地上啼鸣。在这个国家，并非每一个村童都被送去野外"研究自然史"，并带着绿色的网和大量的大头针。那么我是否还会再听到你轻快的歌吟，再透过绿叶看到你带有铁青色和乳白色的美丽身躯，以及淡紫色的皮毛和鲜红色的羽翼？牧场上的鸟儿也许还在啼鸣，但我突然听不见了，因为有什么东西把我从那低矮的草地上举高了几英寸。一种隐约的、起初只是怀疑有声音的东西，接着是一阵银铃般的口齿不清的声音，从远处的空间飘来，触碰着我的感觉，就像蒲公英被风吹落一样轻盈。如果有任何地方可以为任何灵魂脱去外衣，消除束缚，那么这崇高的音乐无疑是从这样一个地方和在这样一个灵魂中飘下陨灭。人们可以想象，这位歌手从未认识或忘记地球这颗行星。如果从那个高度鸟瞰，而且还算看得清，那么这个星球一定是多么渺小，在其下面的茫茫虚空中正旋转着，"像一只烦躁的虫蠓"！

那是云雀在无边无际的蓝色天空中歌唱，在这个距离之外，它的声音里有一种神圣的空旷。但现在，那宽大的翅膀盘旋着，把它带到了听得见的地方，过了一会儿，又把它带去了听不见的地方。丢失了它，阳光看起来没有以前那么灿烂明亮，相比之下，其他鸟儿的声音都显得单调乏味、闷声闷响。

当然，苍头燕雀的歌声中没有任何精神方面的内容。它坐在那里一动不动，宛若一个鸟状的小机器人，每隔十二三秒就会离开鸣嘴。而不幸的是，人们追随着歌声，还听到了机器体内的呼呼声和嗡嗡声。

现在并不像四月那样,那时随意即可发出一曲欢乐的歌声。那是个枝繁叶茂的月份,当玫瑰花盛开的时候,人们变得挑剔,要求甜美和表情。一位活力四射的花园歌手巧用这种小小的双重繁盛,来结束它那匆忙的抒情小曲,表现出了更高的艺术水准。它花了五千年时间,一直在操练同样的繁盛——完全达标——这还远远不够完美,比一种音乐——听起来像喷嚏声——好不了几分。艺术永存!

也许通过某种微妙的方式,心理学家无法追踪捧场。它已经意识到了我对它行为的看法,那是一种无形的贬损,仍然影响了被贬损的对象。而且,它感到其燕雀类情爱的自尊心受到了伤害,于是立即绝尘而去。没关系,一个更好的歌手接替了它的工作岗。今天我已经听过和见过这只小鹟鹩十几次了,现在它来到了我所躺树下的上方,虽然离我很近,但它的歌声已经不比以前响亮。这也是一首抒情诗,但属于另一种式样。它不是哀怨的,也不是激情的,且不像欧亚鸲的鸣叫那样自然流畅。欧亚鸲乃印象派画家,具有最完美的羽毛作装潢。自从小时候听过其他鹟鹩的歌声以来,我就一直不喜欢对它产生早期的联想。那么,它的魅力在什么地方?我不知道。当然,它颇微妙,甚至可以说很辉煌,在某些方面也接近完美,譬如相比其他更伟大的歌唱,就如小小的琉璃繁缕相比罂粟或蜀葵的花样。它没有野心,但该做的都已完成,其魅力与众不同。鹟鹩在我们的歌唱家中,最无知无觉无理想。在更高的半透明的绿叶丛间,这个带棕色斑点的小家伙静静地或坐或躺,正在无所事事地大忙特忙,忙着做夏天的梦,并不知不觉地大声宣讲。什么时候我们才能有符号来完美地表达我们的夏天感受——我们的梦想？

那首小歌让我想起了我带到花园里阅读的两本薄书，是两位现代小诗人的作品。我想，比起伟大歌唱家激动人心或细微精妙的思想，诗人笔下"鹧鸪般的鸣啭"更适合我的心情及这和煦的早上。可能在这一点上我错了，因为直到现在那两本书还躺在草地的椅子上，虽然触手可及，却一直被我遗忘。半个小时前，一位白衣少女把椅子拖来这里，似乎想与我分享这桑树的阴凉。她并没有在那个念头中坚持多久，就兴高采烈地说起一桩小事。但过了一会儿，大家对这个话题的兴趣烟消云散了，她仍坐在那里悠闲地低声歌唱，并用她那双漂亮的鞋子轻蹬在草上。少顷，她拿起我的一本书，随便翻开读了一两行。她微微卷起了朱红的下嘴唇，然后把书扔在了一旁，用眼角瞥了我一下，接着又哼声吟唱，而后终于安静了下来，坐着，弯了弯身子微向前方。她那黑而明亮的眼睛射出奇怪的光，透过树叶的薄纱，凝视着远处的空旷。在看什么？诗人忘了告诉我们，少女在春天会怎么样地变化着幻想。

毋庸置疑，这会变成一些真实的情思。生活是真实，激情——血流的加速，脉搏的放肆——也是真实。但铅印书里的喜乐和忧愁并不是真实的。现实中忧乐的假相对于真实，就像人工做的日本花用的是彩色薄纸，相对于今天盛开、明天凋谢的鲜活花朵有芬芳盈室。它们是一个拟象，一个讽刺，呈现给我们的是一个梦幻般的苍白人世，充斥着无血色的男女，他们喋喋不休地说着无意义的琐事，无趣地笑得像傻子。

不真实感有时会影响我们所有人，只是程度不同。也许我长期是一个实干家，与太多的额头狭长者聚居，将甜酒和苦酒喝得太深了，体验不到有些人在文学作品中所享受的那种无穷无尽的永恒乐趣。对于这样的一些人来说，我想，其中的魅力难以量度。一个正常人，因早年被剥夺了适当的食物，变得苍白病弱，最后死于虚无。

这样，就有足够的空间让后者更好地发展，这些都是非自然的有教养的人。文学爱好者习惯于说觉得某些作品对他们"有帮助"，毫无疑问，他们都很聪明，文学当然能够教化人。然而，我们这些不太开化的人，是两种天性的复合物，当这种精神食粮支撑着一种天性，另一种更大的天性却在遭受饥馑，因为更大的天性是尘世的，从地球中汲取养分。我必须看一看树叶，闻一闻草坪，摸一摸粗糙的鹅卵石，或听一听自然的声音，哪怕只是蟋蟀的唧啾声，或者经受太阳、风或雨触摸我脸面的感情。这本书本身可能会破坏其原本打算带给我的快乐，非但不能帮助我度过饥馑，反而增加了我的饥饿感，直到渴望症和空虚感变得格外难忍。

在图书馆里度过的任何一天，我都不会再活下去了，我只会度过劳累、焦虑、冲突、危险或激情的可怕的一天。我被这个深奥的问题所纠缠，几乎没有注意看与我分享树荫的人什么时候站起来，掀开浅绿色的窗帘，走进阳光里，离开得很悄然。我曾特别同情她，那时她焦躁不安。我也没有注意到头顶上的小鹟鹩什么时候停止了歌唱。

热闹的草坪

我终于回过神来，开始惊奇花园里异乎寻常寂静，直到把目光投向草坪，才发现了个中原因：鸟儿们在那里以各种各样的方式四处游动，大多数都聚集于一个松散的混杂的群，这是一个幸福的家庭。欧椋鸟从田野回来，看上去像秃鼻乌鸦身上缀满了小斑纹；几只麻雀和一对欧亚鸽跳跃着，那样子狂野又像是受了惊；与上一次的出现形成奇特对比的，是那个长着羽毛的"乡下人"——苍头燕雀在草皮上缓慢地走着，好像脚上穿的靴子钉了钉。最后，但并非最不要紧，雕像般的乌鸫和欧歌鸫该移动时就移动，恰像灵动活泼的小机器人。它们似乎都在找吃的东西，但我主要观察欧歌鸫们，因为它们在潮湿的土地上比其他的鸟更有归属感，感官更敏锐机灵，寻求的游戏更高尚。

我看到一只欧歌鸫突然把喙伸进草皮，从草里啄出一条巨大的蚯蚓。哦，还有一条蠕动着的蛇，虽然把头抬得很高，但三分之一的粉红色圆柱形身体仍在奔腾。它会怎么处理这个敌人？我们知道巡游的沃特顿是如何对待那条蟒蛇的，当它退回灌木丛林时，他勇敢地把它的尾巴紧紧抓住。它自然地向他转过身，高高地抬起头，张开大嘴，迅速地扑向他的脖颈。在这千钧一发之际，他一手将它的尾巴抓得更紧，用另一只自由的手扯下他的大毡帽，把帽塞进怪物的喉咙里，这样就救了自己一条命。正当我聚精会神地看着我那没有帽子的"小沃特顿"如何对付他的蛇时，一声惊叫，接着是一阵犬吠，紧接着又是一声喊叫，打破了花园的寂静。那三条恶魔般的猎狐犬，斯奈普、帕斯和巴兹冲来了草坪，个个都满怀着要抓住什么东西的决心。鸟雀飞走了，高过头顶。但困惑的牲畜们继续疯狂地在地上打滚，搅扰着空气，用的是其疯狂的吠声。今天已不再有鸟雀！现在那些和平破坏者发现了我，撕扯着穿过草坪，跑来中间的椅子上，又上到吊床，争先恐后地亲吻着我的手、脸等，可它们的爱抚实在不受欢迎。

啊，好吧，就让它们肆无忌惮，胡作非为！因为我很快也要走了，既然鸟雀已经远走高飞。想到畜生不是我的宠物，对我也算一种安慰。当它们结束了短暂的狂吠后，我不会像它们的女主人一样伤悲。我对它们的关心不亚于其他生物，除了矛头蛇，"像船上的绳子一样在路上摇头摆尾"，或是除了兀鹫，"从看不见的楼梯爬上天空的堡垒"。大自然赋予它们的地方，没有一个事与愿违，也没有一个不可爱，没有一个不健美。它们的品性千姿百态，各放异彩——这个怒发冲冠，那个温柔似水——只是不断变化着的生活画面中光和影的和谐搭配，如此世界才算完美。

第七章 康沃尔村的鸟

/ 1 / 清点鸟类

这本书是在伦敦附近的一个村子里开始写的，现今正在"整个大陆最西端"的另一个村子里完成，或者说重写，这里距离第一个村子有三百多英里。在此，我不得不重温这本二十三年前的旧作，这也是我第一本关于鸟类的英文书，要为它的新版本做准备。在对上述各部分做了一切必要的更正、删除及增补新材料之后，似乎最好把结论部分全部去掉，因为这部分主要涉及当时提出的、现在已经过时的鸟类保护问题——多亏了近年来的立法，也多亏了近二三十年来这个国家增强了对鸟类的喜爱和渴望。为替代那些被丢弃的资料，我冒昧呈上最近对康沃尔村庄鸟类生活的观察结果。1915年5月和6月，以及同年10月至1916年6月，我在康沃尔村（或多个村庄）居住。这几个月我身体不好，因此无法继续户外巡游的习惯，就像谷仓里那只可怜的家禽，不能依从老习惯或本能地施展翅膀，但我仍用眼睛关注我周围长着羽毛（并飞翔）的生灵。

勒蓝村位于海尔河口，要想从这里看到大西洋，只需走过街道尽头的灰色老教堂。在那里隆起的地面上，就会发现自己置身于海岸沙丘的荒野中，山丘覆盖着粗糙的灰绿色滨草，如张开双臂环抱着圣艾夫斯海湾。这是一幅美丽的景色，在阳光明媚的日子里，大海呈现出只有康沃尔郡才能看到的绝妙的蓝色。在远处的一块岩石上，右手边矗立着闪闪发光的白色戈德雷维灯塔，左手边，即海湾对面，是古老的小渔镇圣艾夫斯。在这条河边或河口，看得见村子的门窗，每天都有无数的鸥和杓鹬出没。最近这些鸟多达一百五十只，它们总是在那里，只有涨潮的时候，才会飞去田野和荒野。在我所有鸟类邻居中，我认为这些鸟儿给了我最大的乐趣。尤其是晚上，当我醒着躺在床上的时候，我会一个小时一个小时地听着杓鹬们在黑暗中进行的无休无止的谈话，那是一系列清晰的音调和颤音，带着野性和自由的美丽表情，让人想起北国孤独的海岸、山脉和荒原。

奇怪的是，史蒂文森在他的热带岛屿上生病了，想念着其几千英里外寒冷的灰色家。他又一次希望听到其祖先坟墓上杓鹬哭泣的声音，却再也听不到任何哭声了！白天鸟儿的音乐很少。而在伯克郡乡下的一个小村里——这本书的第一部分就是在那里写的——一个早上听到的鸟鸣，甚至比在康沃尔郡西部一个村里整个夏天听到的还要多。相比之下，那里的歌手很少。这种稀缺性并非这个村子所独具，而是到处都差不多。在这里度过的两个春季里，我每天外出几个小时，就发现了这一点。附近是特雷瓦洛广阔的树林，我被那里的异常寂静打动，想在那里听听黑顶林莺、庭园林莺、柳莺、莺鹪鹩或红尾鸲的啼鸣，却听不到其中任何一个音符。偶尔能听到欧歌鸫、苍头燕雀、叽喳柳莺和欧金翅雀的叫声，而在树林外面，石䳭、云雀和鹨更是少之又少。我认为，这种小型鸟类的稀少首先是因为寒鸦的数量特别多，寒鸦是寻找小型鸟类巢穴的勤勉的探索者。另外，秋冬时节，大人和男孩们都喜欢在这一带砍伐灌木丛，而康沃尔当局却不阻止。

过了一段时间，由于身体越来越虚弱，我越来越多地局限在村子里，开始把注意力集中在当地经常出现的几个物种上，特别是三种最常见的鸟：秃鼻乌鸦、寒鸦和欧椋鸟。前两种是常住居民，欧椋鸟则是九月至次年四月的冬季访客。十月份，我开始在我寄寓的房子里喂鸟，把残羹剩饭扔在后面的草坪上，草坪向河口倾斜。首先来的是附近的所有小鸟——欧亚鸽、林岩鹨、鹪鹩、苍头燕雀、欧歌鸫、乌鸫、蓝山雀和大山雀。接着是成群结队的欧椋鸟。不久，村子里的所有秃鼻乌鸦和乌鸦看见了这一切，也跟着飞来了。这就把海鸥从河口也吸引过来了——我真希望还能吸引杓鹬。这些大型鸟都是如此贪婪、大胆、喧闹又可怕，以至于小鸟们都被赶走了。除了一群饥肠辘辘的欧椋鸟外，所有鸟雀都决心要分得一杯羹。

十二月初，我不得不搬到河口对面邻近海尔村十字修道院的疗养院。幸运的是，修道院的建筑、庭院和花园都在丑陋的村庄外面，我的房间有一扇特别大的窗户，几乎占据了一面墙，从窗户向南可以看到赫尔斯顿镇那边绿色的田野和荒原。对于一个没有鸟儿陪伴就不能快乐的人来说，这是一个理想的病房。在这里，即使还没来得及坐或站在窗前——我仍然躺在床上，也能看到天空的很大一部分，无论是刮风下雨还是晴空万里，都可看到秃鼻乌鸦、寒鸦、鸥和成群的椋鸟，以及河滨里的杓鹬，整天可见它们来往穿梭，络绎不绝。但当我能走到窗前的时候，感觉就更是好多了。因为只要给鸟儿喂食，就可吸引它们来我身边。我在窗户下的一片绿地上喂鸟，修道院的奶牛则习惯于每天在那里吃上几个小时的草。整个冬天都有草给牛吃。我很高兴有牛在那里，因为牛是我最喜欢的家畜，而且也很高兴看到越冬的椋鸟与牛嬉戏，围绕牛鼻子跳来蹦去，就像夏天它们在牧场上寻欢作乐。

然而，我发现最好趁牛不在的时候喂鸟，因为其中一头母牛刚产牛犊，而这小牛犊还没有完全长成熟。初生牛犊不怕虎，它在母亲跟前更是活泼好动，厌倦了喂食，就开始挑逗母牛，用角使劲推，又拱其后腿，挑战其耐性。犊闹母忍，不亦乐乎。小犊子见我窗下有一群鸟，立即飞奔而来，想看看有什么更好玩的，结果不慎把鸟儿都赶走了。

一天早晨，我站在窗前，田野里除了一只孤零零的老秃鼻乌鸦外，什么鸟兽都没有。这只老鸦一直伺候在旁，比大多数鸟都大得多，我对它已经很熟悉了。过了一会儿，那只小牛犊孤独地走进田里，环顾四周，仿佛惊讶地发现那地方毫无生气似的，忽然看见五六十码外的草皮上有一只老鸦在活动，于是目不转睛地盯着。少顷，牛犊开始向老鸦走去，大约走了二十码，就低下头向老鸦冲去。老鸦并没注意，直到惊见牛犊突如其来，立即飞跃而起，飞到牛犊的头上盘旋，发出最愤怒、最喧嚣的尖叫声，这才舒缓了怒气，然后沉重地飞到遥远的田野尽头，停了下来，开始戳土。牛犊一动不动地站着，追望着飞离的老鸦，似乎如人们想象的在吼叫："这样子你也逃不出田野！好！我很快就会做了你。今天早上我要独享这一切。"牛犊开始快速地向老鸦走去，

在田野上奔跑的鸟

但走到一半的路程,看到田间有一根为牛们搓皮而设的柱子,就感到搓皮的乐趣,于是转过身径直走近柱子,紧紧贴着,搓起皮来。老鸦则继续忙着自己的活,与牛犊从此再无争吵了,一场剑拔弩张的干戈侥而幸之地化为了玉帛。

又一天早上,那只老秃鼻乌鸦带着它的伴侣飞到田野边,然后分开,降落在相距一百多码的两地,开始分头展开对蛴螬的搜求寻觅。不一会儿,老公鸦发现了一种特别好的东西,就使劲地戳了一阵子草皮,然后跳起来,兴奋地飞向它的爱妻。爱妻立刻明白了它这一动作的意义,撒娇似的拍打翅膀,哭着要那美味。老公鸦把蛴螬送到爱妻张开的大嘴里,喂食之后飞回原地,又继续忙着自己的活计。

这是一种常见的行为，我看到这只秃鼻乌鸦冬天在其他场合也喂其伴侣。我毫不怀疑，在这难熬的冬季，这可怜的家伙，几乎找不到足够的食物来为自己充饥，因为值此季节是无休无止的风和雨，仅有约六个小时的昏暗日光温暖点滴。

但我从未见过一只寒鸦或一只椋鸟喂其配偶，或喂另一只椋鸟或寒鸦。尽管我每天都密切关注，而且常常一连进行一个小时的观察。我也确信椋鸟，就像秃鼻乌鸦、乌鸦和寒鸦，事实上，所有鸦科鸟类，一生都是成双成对。

说到这一点，我就回来谈谈，关于那头不负责任的轻浮牛犊的另一件事件。一天早晨，牛们正在田间，一些银鸥飞来了，其中几只还在田里盘旋。我扔去一块面包，一群椋鸟冲了过来。而一群银鸥中有一只急速落地，抢走了面包，但还没来得及啄食，又有两只银鸥落下来了。第一只银鸥展开翅膀，像在对其同胞尖叫着："把口拿开！"而后来的那两只银鸥也张开翅膀，哀嚎着回应。牛犊被喧闹声吸引，盯着鸟儿们看了一会儿，突然低下头，狂怒地向鸟儿们冲去。三只银鸥同时跃起，越过牛犊的头顶飞走了。独留下牛犊原地站着，对鸟儿们的逃跑既愤怒又厌恶地摇了摇头。一头犀牛冲向一团蓟花或肥皂泡，让它随风飘摇，这景象也太可笑了。

/ 2 / 椋鸟终生配对吗？

从孩提时代起，当我开始观察鸟类时，我就有了一个根深蒂固的观念，那就是那些终生配对的鸟类是罕见的例外——譬如比翼齐飞、白头偕老的鸽子、鹰，也许还有六七种。再如，谁能想象两性在欧洲的杜鹃和美洲的牛鹂这样的寄生物种中是忠诚的呢？然而，即使在我还是个男孩的时候，我就发现阿根廷的牛鹂在其他鸟类的巢穴中产卵，事实上它们是终生配对的。一年中的任何一天，任何一个季节，你都看不到没有雌鹂陪伴的雄鹂。如果雄鹂飞起来，雌鹂就和它一起飞，一起吃喝。当它栖息的时候，雌鹂就栖息在它身边。它从不发出声音，但若有需要，雌鹂忠诚的喙里会立即吐出应答声，真可谓心心相印、琴瑟和鸣。同样，似乎不太可能在物种中存在生命配对，比如北欧的苍头燕雀和我们苏格兰的一样，两性分开并分别迁徙。还有像夜莺这样的非群居物种，雄性比雌性提前几天到达这个国家。然而，我相信，如果我们能捕捉并标记出相当数量的配对，就会发现同样的雄性和雌性每年都能找到彼此并重新交配。

鸟类终其一生可以配对，但并非总是或一年到头都朝夕相处、形影不离，比如鹰、鸦、鹗、鹭及其他许多鸟类。毫无疑问，在无数成对生活的物种中，两性每天都要分开几个小时，而且有证据表明,那些一年中分开一段时间的物种对伴侣仍然是忠诚的。

温切斯特[1]的埃塞尔·威廉姆斯小姐在她写给该市一本杂志的《自然史笔记》中提到的一件事,就与这一点有关。她在自家毗邻大教堂绿地的花园里养鸟,其中有一只雌性欧歌鸫,它被饲养得足够驯服,可以飞进屋里,在餐厅的桌子上觅食。她的歌鸫在花园里配对,繁殖了好几个季节,幼歌鸫也很驯服,会跟着它们的妈妈进屋喂食。那只雄性歌鸫野性很强,但害羞得不敢冒昧进去。第一年,她注意到雄鸟的翅膀上有一根突出的羽毛,可能是窝造就的一种畸形。每年繁殖季节过后,雄鸟都会消失,雌鸟就得孤苦伶仃地度过冬季的几个月。但到了春天,雄鸟又回来了,它那只翅膀上仍有那根准确无误地突出的羽毛。可以肯定的是,那只鸟曾经走得很远了,否则它就会回到花园里去,那里在霜冻的时期也有丰富的食物。它之所以没有来,很可能是每年秋天都迁徙去了海洋那边温暖的地方。我注意到,鹡鸰、歌鸫、乌鸫及其他一些种类的鸟,当幼鸟出巢时,会把雌雄分开,让它们各走不同的路,白天里更是相隔很远,每只鸟都照顾好自己负责的一两只雏鸟。

几年前的一个冬天,我在西尔切斯特公地对面的一间小屋里住了几天,吃完早饭出去喂鸟的时候,特别注意到,在来我处的访客中,有一只雄性灰鹡鸰,美丽而又温顺。每天早上我都喂它。当我跟女房东谈起这件事时,她说:"哦,我们很了解那只鹡鸰,这是它和我们一起度过的第四个冬天,但它总是和它的伴侣亲密相处。这可怜的小家伙只有一条腿,却能蹦蹦跳跳,吃得

---

[1]英格兰南部城市,曾为首都,距伦敦仅约一个小时车程。——译注

很好。今年这个可怜的家伙没有和它的伴侣一起出现，所以我们猜想那伴侣已于夏天死在了某个地方。"我观察到，在我国南方县域的一些地方，过冬期间，白鹡鸰经常搞点聚会，而且总是有一定数量的灰鹡鸰厕身其中。它们习惯于每天晚上聚集于某处举行派对，尽情玩乐，拼命嬉戏，然后才归巢就寝。这情景总是让我感觉到，这些鸟啊，白鹡鸰和灰鹡鸰都是相互成对。日复一日地，我在窗前看着田野里的欧椋鸟也是如此。我用双筒望远镜很好地观察它们，看到了很多东西，让我相信椋鸟也是与其伴侣终年相处。

每天早晨，那些把我们村当作日常觅食地的鸟儿，一大帮子从其栖息地飞来这里，立即分散成若干个小组，每组有六到二十只不等，甚至更多。一整天，这些分成小组的鸟在田野里东飞西行，在某一处仅待很短的时间，饿极了又急切地想找一个更富饶之地。它们每到一块田地里相会，都会与其他小组的鸟相遇，并厮混在一起。很快，所有鸟全都飞起来，又分成几个小团体，朝不同的方向飞去。

鸟儿们从早到晚在田野里不断地成群结队，我数了数，发现每一小组的鸟，四组中有三组是偶数。我在田野里还经常看到成组的鸟，一组有鸟三只、五只、七只或九只，过了一会儿，从邻近的田里或附近的树梢飞下来一只孤独的椋鸟，加入某组的行列，使之成为偶数。我说过，鸟儿觅食时总是急不可耐，这也难怪，因为熬过一个漫长的通宵，通常又湿又冷，十六到十八个小时期间，大约只有六个小时的时间来觅食。它们一定处于半饥饿状态，疯狂地想找点东西吃。它们一落地就开始四处奔跑，用喙戳着一直向前。鸟儿们总是齐头并进，跟得很近。现在，你会不时地注意到，一只鸟发现被什么东西耽误了，已落在了其他鸟的后面。它们继续往前戳，戳，再跑了一会儿，然后又戳，戳，再戳，再跑。而它，兴奋地发现了什么，就大力挖掘草根，让它们继续前进，直到又落后了好几码。每当这种情况发生时，你会看到戳着前进的鸟中有一只会停下来，不时地向后看看，好像在为落在后面的那只感到焦虑。渐渐地，这只鸟因与时俱增的焦虑，突然腾空而起，飞回到落后鸟的身边，静静地等待，直等到其事情忙完。那忙碌的鸟一抬头示意已经忙完，立即与等待的鸟跳跃起来，一起飞向前面的鸟群。目睹这一情景的人都不会怀疑，这两只鸟儿是一对情侣，无论它们在哪里成双配对和繁衍生息，无论是在林肯、约克、瑟索，或许是在西部的一个岛屿，它们都会终生相伴，如胶似漆，无论在冬天还是夏季，只要还有一口气，都会执子之手，与子偕老，永不分离。

在这个疗养院过冬的三个月里，我确实无所事事，于是如此近距离地观察椋鸟，甚至观察到它们最细微的行为，这才很自然地相信，在群居的物种中，椋鸟是最不可能终生配对的物种之一，因为比起绝大多数动物来，椋鸟的群居本能得到了更强化和高度的发展。有人或许认为，鸟群，就像一个有机体，也就是说，在繁殖季节之外，对鸟群的依恋，会取代常见物种及已知的终生成对物种中鸟与鸟之间的密切关系或伙伴关系。人们会认为，只有配对的激情可以用来消减鸟类成群结队的癖好，而配对只是一个短暂的季节，持续约几个月。这个季节只养一窝，整个繁殖工作在六月底前就该结束。后来的繁殖者是那些失去了第一批卵或一窝仔的鸟。雏鸟刚被带出来，就被训导从事椋鸟唯一的职业（除了吃水果以外），即从草根中啄取其赖以生存的幼虫——这项工作要耗费它们一两个星期的时间。然后，婚姻生活就告结束，公共生活重新恢复。

鸟的整个生命随之改变，联系的唯一纽带似乎就是鸟群，家乡和孩子都被遗忘：鸟儿们在陆地上四处游荡，渐渐地迁徙去了遥远的地方，有些漂洋过海，有一些则从北部的郡邑，从苏格兰和群岛来到英格兰南部。它们数以百万计地在那里过冬，并如此习以为常：夜晚浩浩荡荡地聚集在它们最喜欢的栖息处，白天则分为成百上千的小组，散布在几百平方英里的地方，全部聚集在一起，形成一个群体。在这种时候，它们似为自己多得数不胜数而欣喜，比需要的时间更早地在栖息处聚集。这样，整个庞大的群体就可以花上个把小时，来进行它们喜爱的空中演习。鸟儿们不时地从树林里群飞而起，像天空中的一朵大乌云，随着鸟儿时而分散很宽或时而聚集很密，交替地变得或明或暗。鸟儿们旋来转去一会儿后，又一窝蜂似的回到了树林，无数个体发出叽叽喳喳声，聚合成狂暴的龙卷风声，喧嚣鼎沸，大闹天宫。

耳闻目睹了此情此景的人们，似乎难以相信，这些鸟都能成双成对。因为，在这种情况下，一对夫妻怎么还能紧密相依得几乎融为一体？一旦分开了，又怎么能在这样的大庭广众之下复活重聚？或若邂逅，因两个的大小、形状、肤色和声音都极其相似，它们又怎么能够辨认出彼此？它们能够，而且肯定会相聚。当被迫分开，比如被鹰追赶时，它们四散开来，但很快就能找到彼此。它们能做到这一点，是因为它们有完美的纪律，或者是本能，或者是它们在秋冬漂泊和迁徙时所遵循的完善的制度。

繁殖季节结束后，每个地方的鸟都聚集成一个小群，由二三十对到五十对，或更多对的鸟组成，开始它们的流浪生活。北方的鸟儿们大规模地向南迁徙或漂流，如我们所见，大量的鸟在南方的郡邑过冬。这里有它们最喜欢的栖息之地，而且它们习惯了成千上万地聚集在一起。但最初由几对组成的小鸟群，从来没有被解散，也从来没有被大众所吸收。每天早晨天足够亮，鸟儿们都会离开栖息的树，但不是整齐划一地一起离开，而是三五成群地飞离，一群紧跟着一群，看起来像一条连绵不断的鸟流，流往不同的方向，流过周围的国家。每一条鸟流都由几十个、几百个单元组成，各个单元会脱离鸟流左去右往，选择好自己的觅食地，在整个冬季——每天早晨都会回到那里。当所有单元都脱离鸟流，定居其觅食地一天之后，整个"国家"被瓜分成若干块，即各个单元各自占有了一块领地，在离其栖息地十英里、十二英里或更远的大小不等的圈内，再分成几个小组，花很短的时间四处飞行，探索每一片绿地，也几乎可以说是"每一片草"。

若要解释这种完美的分布，只能通过这样一假设：各个单元都在其冬季栖息地中，寻找着未被占用的寸金寸土，因而领地几乎没有重叠之处。我们还必须假定，在晚上聚会的地方，每一个鸟群都有各自的栖息地——自己的树林和灌木丛，鸟群中的成员仍可在那里小聚，且每次飞行表演后也都可回到那里。鸟群会回到自己的树上睡觉，毫无疑问，每一对鸟儿都会肩并肩地在自己的树枝上栖息。

春天归来时，鸟儿们不是大规模地迁徙，而是一群群地溜走，约于四月底重新出现在其北国的老繁殖地。群中或许会失去一些成员：一位在食物匮乏季节死去的长者；一只在栖息处被一只灰林鸮叼走；一只脚冻在栖木上，奋力挣脱时被寒鸦杀死；一只在回家的路上被一只雀鹰击倒。

迄今，我仍然无法追踪的是雏鸟八月之后的职业生涯。我们看到，它们一旦能够自食其力，就会三五成群地小规模聚在一起，并在它们的"褐色幼羽"阶段继续云集。但渐渐地，它们获得了成年的羽毛和语言，就不再像幼年时期那样容易分辨了。那么，它们是否在南迁漂流之前就加入了老鸟的行列？它们在寒冬之前是否配对？

/ 3 /　冬天的村鸟

从1915年至1916年的整个冬天，特别是我在海尔医院的三个月间，从十二月初到三月，鸟类长期的饥饿状态给我留下了深刻的印象，特别是我们村最常见的三种鸟类——秃鼻乌鸦、寒鸦和欧椋鸟。难怪看到一块扔在我窗下绿色田野上的面包，这三种鸟及其他许多种类的鸟就会从四面八方蜂拥而来，每一只鸟都想要吃点东西！但那些长期过着单调乏味日子的鸟类，就像秃鼻乌鸦和欧椋鸟，只有一种食物和一种觅食方式，在冬天里总是最糟糕的。这些鸟靠食用从草根中掘出的幼虫及其他微小的生物维生，是按件计酬的生命劳动者，它们必须不间断地辛勤劳动，才能挣到足够的钱养活自己。因此，它们的冬季生活与寒鸦们形成了惊人的对比。寒鸦是靠自己的聪明才智维生的，故生活得更好，小日子过得更轻松、更有趣。

这三种鸟类的习性，是只要光线够亮，它们就离开栖息的树林，离开时间根据天气状况而变化，从八点半到十点，早晨通常又湿又黑。在村子里栖息的秃鼻乌鸦有四五十只，它们会留在村子里，一整天都从周围的田野获取食物。寒鸦则集结成两三百只的鸦群，但过了一会儿，许多鸦会飞去更远方的自己的村子，只剩下六十到八十只栖息于本村的鸟。最后欧椋鸟会成群结队地出现，形成持续不断的鸟浪，经常战风斗雨地艰难前进，其中大约有几百只或更多的会在这个季节栖居在村子里，辛劳于草地及周边。秃鼻乌鸦和欧椋鸟会立即开始工作，而寒鸦群则分成各由三四只组成的小组，散布在村子里的各个角落，栖息在烟囱口上。它们会在树上栖息，然后飞起来，整天不停地从一个地方飞到另一个地方，寻找吃的东西，不时落地抓起一块面包皮或小孩扔在路上的苹果核，或去到后花园或垃圾堆，那里有的是被人扔弃的土豆皮、鲭鱼头或其他垃圾。它们非常勇敢，但不像以前赤鸢那样胆大包天——鸢常常俯冲而下，从孩子手里抢走面包。

时不时地，这些寒鸦中有一只或一对落在我窗前的草地上，而秃鼻乌鸦和欧椋鸟也正在那里忙着戳来戳去。尽管我观察了它们一千次，却没有发现它们在力图为自己找什么东西。它们只是站在或走在忙碌着的鸟儿们中间，聚精会神地看着忙碌者。寻觅幼虫是一门它们没有学会的艺术，或是它们太懒惰或太骄傲，不愿去实践。但它们并不骄傲，不会去乞讨或偷窃，只是看着其他鸟，希望能抓起一只出土的大幼虫，卷虫而逃。通常一两分钟后，它们会等得很累，然后兴高

欧椋鸟在捕食

采烈地大叫一声就走了。它们回到烟囱前飞上飞下,而在这个院落或那个花园里则暂停飞翔,一只接一只地落地,啄起什么大东西来。所有寒鸦见状立刻追赶,誓要抢走那东西。因为这些乡村寒鸦不仅是"寄生虫"和"叫花子",更糟的是,它们还是鸟类中的无耻"窃贼"。

它们把所有时间和精力都浪费在无休止的满村子赛跑和追逐上,每一只鸟都竭尽全力从其伙伴那里抢劫一切东西——它们能得到足够的食物。一天过后,别的村子里的其他寒鸦会来拜访,大家欢聚,抱成一团,狂歌笑语地在村里转来转去,然后飞去树林了。耳闻目睹了当晚的演出后,人们可能会说,它们对自己的流氓生活非常高兴。

但对于可怜的欧椋鸟来说,在这短暂、黑暗、潮湿的冬日里,即使康沃尔西部的气候几无霜冻,也没有什么乐趣。持续几天的霜冻对无数的人来说是致命的,特别是像1894年至1895年和1896年至1897年冬天的大霜冻,英格兰南部和西部最严重,霜冻应该是在冬季晚期到来。我认为这可以被当作一个事实:鸟类的长期或海外移民潮出现在仲冬之前,或者根本不会出现。在一月和二月,当鸟类被一场严寒驱赶到陆地的边缘时,它们不会穿越海洋,要么是因为它们太虚弱而不能尝试这样的冒险，要么是因为其他我们不知道的原因。我们看到，在这种情况下，它们来到海岸，沿着海岸向南和向西，甚至到达康沃尔的西端，然后要么返回内陆，要么在那里等待晴朗的天气。许多鸟在此期间死亡。

在那冬季的三个月里，当我看到椋鸟在医院窗口前的田地里劳作时，它们似乎长久处于极度饥饿的状态，总是在地上奔跑，移动时快速地戳着，显然它们几乎只在地表寻找食物——在土壤的表面、草叶的下面，即在地表的根部。在其他季节，当它们从每一片草叶的外表知道是否有幼虫在根部进食时，它们就会深入地下。如果不射杀大量椋鸟和检查它们的胃，就不可能知道其食物的成分。但我用质量良好的双筒望远镜也能分辨出，鸟喙几乎每啄一次，都能发掘出点什么东西，而且当喙尖上有一小块东西时，我就能看到它——在大多数情况下，这是一种线状的、半透明的小蠕虫，比如蚯蚓。两三只这样的小虫子很难为一只瓢虫做成一顿像样的饭菜，而我想，一只椋鸟即使吞下一千只小虫子，也仍然很饿。许多日子里，它们不得不在非常恶劣的环境下寻找这种少而寡味的食物，因为大多数日子都下着大雨，而且常常是一整天。在这种时候，羽毛湿透、看起来就像溺水了的椋鸟，从池塘里鱼跃而出后兴奋地活动起来，甚至也没见它们把雨抖掉——这是燕子和其他在雨中觅食的鸟类的一种常见动作。它们太饿了，太着急了，找不到吃的东西来维持自己的灵魂和身体，以熬过近二十个小时的漫漫长夜。

毫无疑问，1915年至1916年的冬天非常潮湿和寒冷，虽然没有任何严重的霜冻，但在鸟类数量减少最多的二月份，一场长时间的霜冻可能已造成至少一半的鸟雀死亡。然而，尽管天气持续阴冷潮湿，但到了二月底，椋鸟的情况开始好转，到了三月份，情况大有好转。它们并不总是那么匆忙，现在属于它们的时间更长了。到了三月底，它们每天的工作时间从五六个小时增加到了十三四个小时，光线也变亮了，更容易找到幼虫。到了四月，椋鸟似乎不再是我们司空见惯的那些衣衫褴褛、颓废可怜的同类了，它们现在是活泼快乐的鸟儿，羽毛闪着华丽的光泽，喙像乌鸫的一样呈亮黄色。最后，到了四月，它们离开了我们，不是一起走的，而是一群一群、日复一日地走的，直到月底，所有椋鸟都回到了它们在北方的家——除了每个村子留下两三对到五六对之外。这些留下来的少数椋鸟是西康沃尔的新殖民者。

/ 4 / 英国鸟的增加

关于寒鸦，或杰基，或多莉，或杰基·多莉（人们对它的称呼各不相同，却都很熟悉、很随意），以及它的乡村生活习惯，等一会儿会说得更多。现在我关心的是另一件事，一个真正与寒鸦有关的问题。

在过去的二十年或更长的时间里，在我看来，寒鸦在英国是一个不断增多的物种。无论如何，我敢肯定英格兰南半部的情况是如此，尤其是在萨默塞特、德文郡、多塞特郡的沿海地区和康沃尔郡，比其他任何一个郡都要多。为什么呢？它当然不是一种受人尊敬的鸟，比如欧椋鸟——如果我们不去找樱桃种植者了解椋鸟的性格的话。它现在，而且是一直都在猎场看守人和农夫的黑名单上。不到一个星期，你就会在一些猎场看守人或农夫的日记里看到它被描述为"甚至比秃鼻乌鸦还糟糕"。即使是对鸟类感兴趣的鸟类学家，也对寒鸦没有什么好评价。据他们说，它的高贵亲戚红嘴山鸦的失踪应由它独自负责（粗俗的寒鸦当然没有什么出众之处，除了它那灰色的脑袋和邪恶的灰色小眼睛）。鸟类学家对红嘴山鸦的看法是错误的，就像他们在19世纪晚期对金翅雀的看法是错误的，也像他们在后来几年对燕和沙燕的看法是错误的一样。

关于金翅雀，他们说到过，并郑重地写在了他们的书中。由于农业方法的改进，蓟已经被消灭，而这种鸟，由于失去了天然食物，已经离开了这个国家。但是，我们县的议会刚刚开始利用二十年前《鸟类法》赋予他们的权力，保护金翅雀不受捕鸟者的伤害，金翅雀就开始再次增加，而且还在逐年增加，甚至遍布全国。他们说，燕和沙燕数量的减少是因为麻雀把它们赶出了巢和筑巢地点。但我们知道这两种鸟类衰落的真正原因，它们是英国最受喜爱和最受保护的鸟类，甚至欧亚鸰也不例外。法国政府对我国外交部就此事提出的交涉做出了回应，称经调查发现，我们的燕子于秋季迁徙期间在法国被大批捕杀，并承诺停止这种可悲的行为。但他们似乎并没有这样做，因为这一承诺是在三年前做出的。我亲身在南部和西部国家做过考察，可以说这种衰落一直在继续，我们从来没有像现在，即1916年夏天这样少有燕子来到我们这里。

回到刚才那个话题，寒鸦一直被认为是有害的物种。直到四分之一个世纪以前，每一个拥有枪的农家小伙子都可以为了保护家禽母鸡而开枪射杀寒鸦，就像他们以前射杀鸢一样。鸢曾是英国的常见物种，也是20世纪早期景观中家喻户晓的明星。那会儿，把这"翱翔天际"的大鸟打下来，把它钉在谷仓门上，无疑是件了不起的大事儿。到20世纪中叶，鸢已成为一种稀罕物，随后私人收藏家对其标本和卵的抢购迅速导致了它的灭绝。鸢只是在过去四十年里灭绝的六种猛禽之一。

寒鸦对猎场主和养鸡妇的伤害比任何一只失去的鹰都要大，

那为什么寒鸦还在继续繁殖并增加数量呢？我想，这是因为一种倾向于保存寒鸦的感情增长，但这与保护秃鼻乌鸦并使它如此常见的做法并不一样。这是一种仅限于地主阶级的情感，对于那些继承了巨大房屋的人来说，那里有古老的秃鼻乌鸦筑巢处，风吹榆树摇曳生姿，这些黑色的鸟儿汇聚于此叽叽呱呱议事论事，已经成为建筑物庭院的一个重要部分，就像花园、公园、马厩和家庭农场，还有，人们可能会补充说，教堂和村庄。这种情绪也不同于苍鹭的情绪，这种鸟为了和我们在一起，年复一年地嚎啕大哭，而这哭声在南德文郡偶尔会引起捕鲑鱼的渔民放肆号叫。这是一种来自遥远过去的英格兰的传统情感——从征服者威廉的时代到奥兰治威廉的时代，猎鹰狩猎的衰落。在欧椋鸟的案例中我们可以看到，一个没有任何情感支持也没有受法律特别保护的物种，反而会增长。这种增长是在我们消灭了欧椋鸟的天敌，并主动停止迫害它之后自动产生的。在所有鸟类中，欧椋鸟是某些猛禽物种的最大受害者，尤其受害于雀鹰，而经燕隼（更为罕见）和灰背隼推动，雀鹰现也已少得可怜。欧椋鸟比其他鸟类更容易暴露在这些敌人面前，这是由于它在草原和开阔地区的群居和进食习惯，也因为它的飞行速度较慢。

然而，这物种的最大消耗来自人类。大约三十年前，椋鸟一直是狩猎比赛中最受欢迎的鸟，捕鸟人每年都要大量捕捉椋鸟。很可能是这种把椋鸟用作运动的习惯导致了人们吃它，这种习惯变得如此普遍，以至于在夏末或夏末之前，到处都有人射杀椋鸟以填锅塞嘴。乡下的老人告诉我，四五十年前，在农场里经常听到人们说，在所有鸟中，椋鸟是最好吃的。当狩猎椋鸟和麻雀的比赛减少时，椋鸟作为一种餐桌鸟就不再受欢迎了。从那时起，椋鸟的种类一直在增加。目前，欧椋鸟的数量在逐年增长。在过去的十年里，这种鸟已经遍布苏格兰北部的各个角落和岛屿。在那里，欧椋鸟以前是罕见的访客——一种人们所不知道的鸟。在我写这一章的西康沃尔时，椋鸟直到最近还只是冬天才来造访。八年前，我在这村子里只能找到两对正在繁殖，后来发现大约繁殖了二十五只。1915年夏天，我发现我到访的每个城镇和村庄都有这种鸟在繁殖。现在，1916年6月，我旅居的村子里已有六对。也许是这样，从我和农民们关于这只鸟的谈话中，我倾向于相信，现在（牧区）有一种对椋鸟有利的强烈感情正在滋长，这种感情最终比任何法律都更能保护它。但这种感情还没有成为人们的普遍共识，因此与这种鸟的特别增加毫无关系。与椋鸟一样，林鸽是近年来数量大幅增加的另一种鸟类，既没有特别的保护，也没有受到人们的宠爱……这种感情仅限于热爱自然的人，他们的话对一般人没有任何影响，更不用说对农民了。

在这里，我想起了一个热爱鸟类的年轻人参观约克郡农场的经历。接待他的主人，也是一个年轻人，带他在自己的田野里散步。那天阳光灿烂，春光明媚，空气中充满了数十只云雀翱翔的音乐。这位长期待在城市里的游客被这旋律迷住了，兴高采烈地喊着：“听听云雀！你听过这样好听的乐声吗？”如此等等。他的主人垂下眼睑，闷闷不乐地拖着脚步默默地往前走。最后，年轻人被自己的热情冲昏了头脑，停下来转向同伴喊道：“听着！听！你听到云雀的叫声了吗？”"哦，是的，"另一个慢吞吞地说，看上去比以往更加忧郁，"我听到它们的声音就够烦了。我真希望它们都死掉！"

其他迷人的物种也是如此。鸽子在古老的榆树上的呻吟对诗人来说是一种悦耳的声音，但这并不妨碍全国的农民都希望它们全部死去，而每个拥有枪的人都很乐意帮助农民屠杀它们。因为这类鸟是一种害禽，而射它的人会认为自己是在为英国做一件事情。此外，射击是一项一流的运动，不像屠杀可怜的小麻雀或刚从晃动的摇篮里出来的无辜的小秃鼻乌鸦。它被射杀，便成为一只很好的"餐桌鸟"，它的肉和丘鹬或鹧鸪一样味美。

那么，我们如何解释这种鸟的数量的增长呢？毫无疑问，一个原因是猎场看守人把它的三个主要敌人——小嘴乌鸦、喜鹊和松鸦——赶走了。这三种鸟都是大量鸽子蛋的食用者，而在所有蛋中，鸽子蛋是最显眼、最容易受攻击的。从北欧冬季迁徙来的林鸽的数量似乎又在增加，可以推测，每年仍有相当数量的林鸽留在我们这里繁殖后代。近年来，欧鸽和欧斑鸠的数量也在增加，以前的物种在北方的分布范围也在扩大。斑鸠数量增加的原因显而易见。斑鸠的主要鸟类敌人，即偷它的蛋和幼鸟的强盗，跟林鸽的敌人是一样的。而且，斑鸠是我们四种鸽类中受人的迫害最少的，它严格遵循迁徙规律，在射杀时间开始前就离开了这个国家。此外，根据赫伯特·麦克斯韦爵士1894年的法案，从萨里到约克郡，英国许多郡都对斑鸠进行了特别的保护。至于欧鸽，我们只能说，像灰斑鸠一样，尽管受到迫害——没有人会因为它的颈部没有白色色圈而放过它，但数量还是增加了。除了白金汉郡以外，它不在全国任何地方的清规戒律上。我们只能认为，这一物种间接受益于鸟类立法，以及过去三十年来为促进鸟类保护所做的一切努力。

/ 5 /　寒鸦情结

在我提到过的黑尔和勒兰特村庄附近的树林里，周边的秃鼻乌鸦、寒鸦和欧椋鸟都来筑巢过冬。这是特雷维洛，普雷兹家族的古老庄园，现在他们自称为提林厄姆。每天晚上都会有这么多的寒鸦在此聚集，对这个地区和当地的鸟类习性不熟悉的人可能会认为，所有在康沃尔西部悬崖上繁殖的寒鸦也都在此栖息。然而，栖身悬崖繁殖的鸟虽然数量足够多，但寒鸦只占这个数量的少数。这些寒鸦大多数生活并繁殖在邻近的大小村落，如圣艾夫斯、卡比斯湾、托瓦德内克、莱兰特、菲尔拉克、海尔，以及更远的地方。这是一个寒鸦的大都市，正如我们所看到的，每个村庄每天早上都有自己的鸟类配额。鸟儿们白天在那里以废弃的食物和能偷到的食品为生，就像过去时代散养的渡鸦和鸢那样过活，即从罗马时代到17世纪。

五月初，冬日的聚会散了，在悬崖繁殖的鸟儿们回到岩石上，村落的鸟儿们回到烟囱里，它们开始重整山河，修复旧巢。来者有其居，居者有其舍，因为几乎每间小屋都有烟囱，故那里从不生火，且卧室也无须通风，因此鸟儿每年都被允许带进更多的材料，直到整个烟道全被填满。年复一年，运来的材料沉得越来越低，直到堆压在封闭的通风设备上，并及时变成坚实的棕色沃土。因此，寒鸦无论有多长寿，其百岁寿星可能多过村里的百岁老人，因它们在此客居期间极少受到打扰。

在我寓所对面的小屋里，居此一辈子的主妇最近去世了，享年八十七岁。临终，她非常虚弱。在一个寒冷的日子里，她已起不了床。她的家人突发奇想：在她的房间里生火也许大有裨益。于是检查壁炉，却没有烟道，或是烟道里塞满了尘土或水泥。村里的建筑工人被叫来了，在一个人的帮助下，他在屋顶上和柱子上利用各种工具，成功地挖出了两三车的硬土。这些土在几个世纪以前肯定是树枝，因为这是非常古老的建筑物。没有人记得寒鸦们总是栖息在同一个烟囱里，那位老太太从小就看见它们进进出出，而打扫房间的劳累可能加快了她的离世。现在她走了，这里的寒鸦再一次拥有了烟囱。

整个五月，寒鸦经常在村子里出现，落在它们曾经筑巢的烟囱口，偶尔会带来一些微小的材料，为重新起窝添砖加瓦，但很少有嘴里叼棍衔枝的。烟道里已经装满了旧棍枝，再也不需要了。一只鸟儿飞来飞去，突然从空中跌落烟囱，然后尾巴翘起，翅膀合拢，跳进下面的深洞。人们见状直觉有趣，却想知道那些小鸟怎么出洞。

有一天，我就此话题跟邻近的菲拉克教区长交谈。他说："不要以为寒鸦们把自己局限在不生火的烟囱里。无论如何，菲拉克的情况并非如此。也许我们村里的寒鸦太多了，但每年在客厅和餐厅生火之前，我们都得请人拿着棍子来清理烟道。"他告诉我，几年前，六月里一个寒冷的日子，客厅里燃起了一堆火，浓烟全部涌进了房间。他一个人登上屋顶，用一根杆子清除障碍物。不一会儿，一堆棍杈乱七八糟地掉了下来，两只羽翼丰满的小寒鸦也跟随而下，一只死了，死于棍杈所砸，另一只活着，活得安然潇洒。这只大难不死的寒鸦被家人养了起来，很快就已驯服归化，长到能飞就飞出户外，与野生鸟类交往谈话，直到第二年炎夏，找到了配偶，这才离开了"家"。

特雷维洛的掌门人是一位精力充沛、睿智博学的八十多岁老人，他在这里工作了半个多世纪，给了我一些关于寒鸦的轶事旧闻。他说，近年来，康沃尔郡这一地区的寒鸦数量大大增加了，因为它们不再受到骚扰欺凌。没有人会想到射杀寒鸦，即使是一个为自己的野鸡而焦虑的护林人。但这并不是因为寒鸦改变了习性。它一如既往，仍然是一种大害禽。

要知道寒鸦有多坏的例子，他讲述了朋友告诉他的一件事情。那位朋友是附近一个庄园的护林员，有一年，他随庄园主在英格兰西北海岸持枪狩猎。碰巧，在保护区一两英里的范围内有一大群寒鸦。有一天，护林员匆匆离开，他的鸡笼一天中大部分时间都没人看管，这是他犯过的最大错误，也是他一生中遭遇的极大灾难。他回来时发现寒鸦在他前面，而他所有宝贝小鸡都已不见。在那一天的几个小时里，寒鸦来往穿梭于悬崖和鸡笼之间，每一只大鸦都叼着一只小鸡回巢，让其饥肠辘辘的雏鸦果腹开颜。然而，我的故事讲述者，一位非常聪慧的长者，一辈子都看守林苑的老人，深谙他的寒鸦，却不能告诉我为什么护林人不再迫害一种如此有害的鸟禽。他不会允许雀鹰在他的树林里生存，然而当我重复我的问题时，他只能这样回应："现在没有一

寒鸦喂食

个护林人想要伤害一只鸟禽,但我说不出个中原因。"

我想原因很简单,这只是我所说的感情。在某种程度上,寒鸦一直存在于某些地方,存在于城镇。在我们的脑海里,寒鸦总是与大教堂和教堂塔联系在一起——在那里就是"教会的寒鸦"。然而,现代更广泛的宽容是由于性格,即鸟类本身的个性,这或多或少类似于鸦族的所有成员,唯有秃鼻乌鸦例外,它总是竭尽全力成为一个诚实的、有用的鸟民,但这并不完全相同。在鸟类群落中,它们通常被认为是坏蛋,正因为如此——"我很遗憾地说,"引用佩克斯尼夫先生的话,"它们在我们心中引起了共鸣。"而寒鸦,这种羽毛出类拔萃、性情温顺随和的小混混,自然最受人欢迎。因此,在鸦科的所有鸟类中,寒鸦目前是最受喜爱的宠物鸟,在圈养条件下,寒鸦被给予比其他物种更多的自由。我们认为它更好地利用了它的自由，当它被允许在空中飞行时，它不会失去与人类朋友的联系，而且看起来更能表达感情。

以前，渡鸦和喜鹊作为宠物最先出现。渡鸦作为宠物消失了，因为它像苍鹰、鸢和鵟一样，为了护林员和母鸡的利益而被消灭了。喜鹊当时是第一个，而且直到最近才从这个古老而光荣的职位上被赶下台。喜鹊是一种优越的鸟，是笼子里有羽毛的宠物。它有着雪白、深绿和紫色的，闪着辉光的羽毛，还有长长的楔形尾，外形和颜色都很漂亮。而且，它是一只聪明的鸟。在我看来，没有比它更令人着迷的物种了。它们大规模聚集在不受迫害的地方，并且习惯于每隔一段时间云集聚会，不像秃鼻乌鸦和椋鸟那样仅仅因为是群居动物而聚会，而是纯粹为了社交目的，友好交谈，相互嬉戏。在这种时候，它的语言是如此多样，以至于使听者感到高兴和惊奇，而它自娱自乐的方式、扮小丑的恶作剧、老少咸宜的玩笑话及小把戏，都让鸟儿们相互取乐，乐此不疲，也让观者开怀大笑，称心如意。这一切都在笼中鸟身上消失于无形。它容貌英俊，秉性聪明，且能区分喜鹊和人。它很低调，从不张扬。它的成就，无论是声音上还是精神上，都是为了自己部落的荣光。在这一点上，喜鹊不同于寒鸦，因为寒鸦没有那么专业化。喜鹊是一种矮小的鸦类，比普通鸟更活泼好动，更顽皮任性，也更具可塑性兼具适应性，更易接受圈养，也喜爱寄生。人类对它来说，只是更大的寒鸦，它可以在他们中间尽情地玩它的把戏，就像与长羽毛的伙伴们在一起时一样，洒脱自如。

我们最喜欢它，因为它使自己成为我们的一员。毫无疑问，红嘴山鸦在心智上最接近寒鸦，因为它是一种漂亮得多的鸟——

可怜的寒鸦没有这种品质——如果不是因为它的稀有，它可能是鸦类中最受我们宠爱的鸟。以前，红嘴山鸦在它居住的所有海岸地区都是一种常见的宠物鸟，无论是笼养和放养。也许，对这宠物鸟的渴望导致了它在英格兰南部和西部海岸的衰落和最终消失，除了廷塔格尔附近的一个地方还有六对，那是因为皇家鸟类保护协会指定的观察者在繁殖季节总是现场看守，警告打家劫舍者不得靠近。但对于圈养的或驯养的红嘴山鸦，我们现在所知甚少，因为没有保存下来的记录。我仅认识一只鸟，那是大约四十年前在北德文郡海边的一间房子里所拍到。它是一种非常美丽的宠物鸟，温柔多情，婀娜多姿，总是悠闲自在，漫游于悬崖峭壁和乡间小道，而且与寒鸦交情密切，不啻形影相吊。这是那个地方最后一个同类了，我不知道它是否安好。

我们所有鸦类中，心智上最接近寒鸦的，红嘴山鸦第一，松鸦次之。松鸦在美貌上超越大多数野生鸟类，自然会成为第一宠儿。但事实上，它仅在一种自然状态下才像寒鸦一样地活泼、聪明、顽皮，而在囚禁中更像喜鹊，却不如喜鹊那样与人类交往密切。在禁闭中，松鸦是安静的，也几乎是沉着的，全然是一只沉默的鸟：它本质上是林地物种，它所有优雅、各种各样悦耳的语言、模仿许多鸟雀和动物的声音、引人入胜的游戏和展示漂亮的翅膀，都只是为了它自己的鸟民。它必须在树林里自由自在，和松鸦同伴在一起，才能充分展示出它全部的光彩。

松鸦和寒鸦的区别与狐狸和狗的区别相似，或者更确切地说，类似于叙利亚和埃及的小沙狐（例如北非的一种大耳小狐）和豺（家犬的祖先）之间的区别，前者天赋的优雅和美丽太过特别，不适合圈养，因此，普通的、不美的野兽就被选为人类的仆从和同伴。同样地，我们似乎更喜欢寒鸦而不是更美丽的鸟雀，因为它们更像我们，更了解我们，更容易适应我们的生活方式。我相信，在过去的二十五年里，我在英国听到的关于可爱宠物鸟好玩有趣的故事中，十有八九讲的就是寒鸦。我认为这表明，无论如何它都是南方和西部郡邑最受欢迎的有羽毛宠物。

/ 6 / 寒鸦故事

当写完第五部分,放下笔时,我高兴地想到,已经写下了最后一个字,我的任务完成了,我可以自由地继续写别的东西,做别的事。但我还没有完全摆脱寒鸦的身影,它们的尖叫声仍在我的耳边回响,记忆中它们的形象依然活跃在我的心灵,它们裹着黑色的礼服或长袍,戴着灰色兜帽,还闪烁着一双邪恶的灰色小眼睛。这些持续不断的画面表明,我的任务毕竟没有完全完成,最好是以我所说的那些常见的圈养鸟类的逸事或故事中的一个来结束,而且这个故事应该很典型,有助于表现特别的寒鸦情结,以及我们对它的兴趣和深情,不仅是因为它的厚颜无耻、淘气顽皮,而且在某种程度上是因为这些相同的品性,在我们身上找到了回声。因此,我开始回忆起我所听到的这类最新的逸事,并选择了下面的一个,不是因为它作为一个故事比其他故事更有趣,而主要是因为这是一个来自工人阶级家庭的小男孩用一种精明、幽默和戏剧性的方式讲给我听的。

我遇到它,是在沃尔默城堡公园般的庭园里,是六月末星期天阳光普照的早上。我坐在花园的长凳上没多久,近旁的一棵树上飞来一只鸟。它一开始伸长脖子,对我左看右瞧,带着一种强烈的又几乎是痛苦、心焦的好奇。这些紧张的动作和姿势,立刻让我明白了它在附近有一窝雏鸟。它换了好几个姿势，想从另外的角度把我看仔细，想知道我在那儿干什么，结果它断定我并非要打发它走，于是突然冲到我面前的一棵树上，消失于离地四十五英尺高的树干上的一个小洞穴或大缝隙，几秒钟后又飞了出来，紧接着快速地飞去。过了四五分钟，它飞回来了，看了我一会儿，目光充满着怀疑，又飞到那棵树上，消失在那个洞里，并留在了那里。我正聚精会神地看着树皮上的那个小黑点，等待着它露面。这时一个小男孩慢慢地从我的长凳旁走过，我瞥了他一眼，发现他嘴角半露出会意的微笑，那双精明的棕色眼睛正盯着我的脸。

"喂，我的孩子！"我说，"我很清楚你想做什么。你知道我在看树上的一个洞，一只寒鸦刚钻进去，你想等周围没有人的时候，蹿上树去抓小鸟。""哦，不，"他回答说，"我不打算爬树，也不想要任何小寒鸦。我总是来看，因为鸟每年都在那个洞里繁殖。两年前我有了一只鸟，我并不想再要一只。"然后在我的邀请下，他坐下来给我讲了这寒鸦的故事。

一天早上，他来到这里的时候，雏鸟也刚刚出洞。他发现有一只蹲在树下的地上，似乎晕厥了，一动不动。毫无疑问，它飞出窝时撞到了树干或树枝，摔下来已头晕目眩、鼻青脸肿。他用手帕把它包好，带回到迪尔的家里，安放在一个盒子中。然后，他的妈妈找来法兰绒，给它做了个床，热了些牛奶。他们扳开它的嘴，用茶匙喂它，并给它取名叫杰基。第二天，杰基没事了，只要他们走近，它就会张开喙等着吃食粮。两三天之后，它就开始在房间里飞来飞去，栖息于他们的肩膀。然后，他把杰基送回沃尔默放生，看见它飞去了树林中央。但当他回到家时，妈妈责备他不该在它父母不在的时候放了它，那样它会饿死的。他正深感懊悔，惊慌失措，杰基飞了进来，扑通扑通地落在他妈妈的肩上。爸爸妈妈说会再让杰基待一段时光，然后他就可以把它放生在附近有其他寒鸦的地方。后来，他们又说要让它待在原来的地方。爸爸喜欢用烟熏鲱鱼搭配茶点，而杰基对吃什么都不很在意，所以每逢吃茶点的时候，就总是坐在桌子上，啄食爸爸盘子里的东西。那样，它会惹下麻烦。它总是看着客厅的门或窗，等着打开，让空气进来，而那正是妈妈非常关注的房间。它每次一进去，就直奔壁炉台，台上挂满了照片和装饰品。那装饰品大多是些小玩意儿——猪、狗、鹦鹉，还有各种各样用玻璃和瓷器做的动物。杰基啄起这些动物，扔到围栏上，打碎了很多。这让妈妈很生气，她责骂他，叫他赶走那只寒鸦。

他把它包了起来，不让它知道自己要去哪儿，然后沿着海岸走了两三英里，让它去与其他的寒鸦结伴。它飞走了，加入了它们，他才回到了家。那天下午，寒鸦回来了，他们不知道它是怎么找到路的。爸爸说，这很明显，杰基刚刚沿着海岸飞到了迪尔，回到了它的家。他说摆脱它的唯一办法，就是把它送去远离大海的某个地方。于是他又把它包起来，送去了离迪尔约五英里远的诺斯伯尔尼艾伦姨妈家。他的姨妈让他带它到公园，它在那里可以找到其他的寒鸦并定居下来。他就这么做了，但杰基当天又回到了迪尔他们的家。最奇怪的是，爸爸妈妈对它小题大做，喂它吃饱喝足，好像很高兴它回来似的。第二天，它进了客厅，又弄坏了一些东西，妈妈责骂他没有把鸟赶走，爸爸说他知道怎么做。他的一个朋友要去多佛，他会让他把鸟带到城堡旁边，让它和其他寒鸦厮混在一起，那地方太远了，它回不来了。

然而，杰基确实又回来了。之后，他把它送到了阿什福德，然后又送到了东南部地区坎特伯雷。我不知道还送到了多少其他地方，但它总是会回来的，而他们似乎也总是很高兴看到它回来。尽管如此，妈妈仍然老是为那只鸟责骂他，并向爸爸抱怨它给家里造成的破坏。

有一天，艾伦姨妈来看妈妈，告诉她把这只寒鸦送到国外去，也许是摆脱它最好的办法。她说她丈夫的表兄斯特奇先生要去他在加拿大亲戚的农场工作，她会让她丈夫请求他收留这只寒鸦。它永远不会从这么遥远的地方回来了。一周后，斯特奇先生捎来话，说他将带走这只鸟，因为他认为他的亲戚们很想要一只真正的英国老寒鸦，让它提醒他们想起他们的老家。

不久后的一天，艾伦姨妈来了，用一个有盖的小篮子带走了杰基。最有趣的是爸爸回家喝茶时的情景。他说："一盘有柔滑鱼子的烟熏鲱鱼，正是杰基的所爱，那只寒鸦去哪儿了？来吃茶点，杰基！""它走了，"妈妈说，"去了加拿大，也就摆脱了它！""哦，它走了吗？"爸爸说，"那我们就是一个幸福的家庭，过着的生活好平静。不再为那些瓷玩具的破碎而哇哇尖叫，泪流涔涔！如果比利再给家里带来一只寒鸦，我们就帮它掸掸衣冠上的灰尘。"比利插嘴说，如果他再犯这样的错误，他们可以尽情地揍他。"哦，是的，"爸爸说，"我们会狠狠地揍你的，你妈妈为了她的瓷玩具和洋娃娃也会这么做的。"这一下让妈妈生气了。"你脾气不好，"她说，"但你知道我和你们一样，也好想念那只鸟!""那么,"爸爸说,"你妹妹来干涉我们家寒鸦的事,你为什么不告诉她别管闲事!还有那个斯特奇,他很快就会厌倦那只鸟,还没到利物浦(英国西南部的港口城市)之前,就会把它换成一品脱啤酒。""那就更好了,"妈妈说,"如果杰基能在被他们带出国之前获得释放,我们就可以肯定它会找到回迪尔的路。"这就是他们日复一日所盼望的,但是杰基再也没有回来,所以我想斯特奇先生已把它带出去了,它现今在加拿大。